Les jardins secrets

Données de catalogage avant publication (Canada)

Bray, Julie

    Les jardins secrets: nouvelles érotiques de femmes

    (Collection Littérature)

    ISBN: 2-7640-0581-4

    I. Titre. II. Collection: Collection Littérature (Outremont, Québec).

PS8553.R366J37 2002   C843'.6   C2002-940039-2
PS9553.R366J37 2002
PQ3919.2.B72J37 2002

LES ÉDITIONS QUEBECOR
7, chemin Bates
Outremont (Québec)
H2V 1A6
Tél.: (514) 270-1746

© 2002, Les Éditions Quebecor
Bibliothèque nationale du Québec
Bibliothèque nationale du Canada
ISBN: 2-7640-0581-4

Éditeur: Jacques Simard
Coordonnatrice de la production: Claire Morasse
Conception de la couverture: Bernard Langlois
Illustration de la couverture: Tony Stone
Infographie: Composition Monika, Québec

Nous reconnaissons l'aide financière du gouvernement du Canada par l'entremise du Programme d'Aide au Développement de l'Industrie de l'Édition pour nos activités d'édition.

Gouvernement du Québec – Programme de crédit d'impôt pour l'édition de livres – Gestion SODEC.

Imprimé au Canada

Les jardins secrets

LES ÉDITIONS
Quebecor
QUEBECOR MEDIA

Avant-propos

Je ne sais exactement pourquoi j'écris ces lignes puisque je sais que vous ne les lirez probablement qu'en diagonale, toute impatiente de mouiller... votre doigt et de tourner la page pour plonger dans ce nouveau tourbillon d'aventures et de fantasmes érotiques. Aussi, je serai brève, très brève.

Voici donc de nouvelles expériences féminines qui nous entraînent vers le plaisir, là où la «normalité» est quelque chose – vous le constaterez vous-même – de subjectif. D'ailleurs, pourquoi vouloir à tout prix chercher à savoir si nous sommes «normales» lorsque nos sens guident notre corps vers des émois et des frissonnements qui nous sont agréables? Le seul plaisir que nous en retirons ne devrait-il pas nous convaincre que c'est le cas? Car le plaisir n'est pas une perversion, moins encore un péché, n'en déplaise à certains esprits obtus.

Apprenons donc à nous faire plaisir, sans culpabilité, car il s'agit effectivement, pour nous qui avons en quelque sorte été privées de ce droit pendant trop longtemps, d'un apprentissage à une liberté d'être et de faire; liberté, que, malgré l'évolution et la liberté des mœurs, on cherche encore trop souvent à définir pour nous. Surtout lorsqu'il s'agit de plaisir et de jouissance – effrayerions-nous les hommes?

Vous aimeriez partager vos aventures ou vos fantasmes? Écrivez-moi, racontez-moi tout:
juliebray@art-culture.com

J'aime me montrer

J'ai attendu que son regard se pose sur moi pour passer à l'action et j'ai relevé les jambes pour bien les écarter...

J'éprouve l'envie de vous raconter mes aventures. La chaleur que nous avons eu cet été est la cause du jeu auquel je me livre depuis quelques jours et qui m'excite énormément. Mon amant, actuellement en vacances avec sa femme, me manque beaucoup et je me sens frustrée; alors je m'amuse comme je peux. Il faut vous dire que, grâce à lui, je suis devenue très exhibitionniste et que j'adore poser pour lui. Très mignonne (c'est ce que l'on me dit), je n'éprouve plus aucune gêne à prendre des poses sinon obscènes, tout au moins très suggestives où je dévoile absolument tout à l'objectif en y prenant un plaisir inouï. Ensuite, nous faisons l'amour comme des fous. Il connaît mon corps «splendide», comme il le répète souvent, absolument par cœur.

Des gros plans de ma chatte et de mon anus, il en a fait des dizaines, même en macrophotographie.

Pendant ces séances de photos, qui me mettent en transe, je lui révèle l'intérieur de ma vulve que j'ouvre toute grande et dans laquelle je m'introduis toutes sortes d'objets; je lui montre mon cul et j'y enfonce le doigt ou un gode – cela vous montre à quel point je suis exhibitionniste et très vicieuse.

Donc, pour assouvir ce qui est devenu un plaisir, je me promène, légèrement vêtue: t-shirt très échancré sous les bras et qui me découvre le nombril, jupe très courte extrêmement serrée, et je vais m'asseoir dans des bars fréquentés par les touristes, en dévoilant le plus possible ce que j'ai de plus intime. J'adore voir le visage des hommes qui me regardent aussi furtivement que sournoisement et auxquels j'offre complaisamment mon sexe et mes seins. Pour les provoquer davantage, je me suis entièrement rasé le pubis afin que ma chatte soit bien visible.

Un après-midi, au parc Lafontaine, j'étais assise sous un arbre face à un Noir magnifique qui lisait. Nous étions environ à une dizaine de mètres l'un de l'autre. J'ai attendu que son regard se pose sur moi pour passer à l'action et j'ai relevé les jambes pour bien les écarter. Ma jupe s'est relevée sur mes cuisses et j'ai dévoilé mes trésors. Le Noir m'a alors fixée et j'ai écarté davantage les genoux, avant de les refermer pour les ouvrir à nouveau. Je l'aurais vu rougir s'il n'avait été noir. J'ai aussitôt remarqué la bosse qui gonflait son pantalon. En prenant soin de ne pas attirer d'autres regards, je lui ai montré mon sexe tout rose dont j'avais intentionnellement passé les petites lèvres au rouge à lèvres, bien sûr.

Excitée par la situation, je me suis mise à mouiller très fort et bientôt ma rosée d'amour a humecté mes fesses et est venue s'incruster dans mon anus. Aussi discrètement que j'ai pu, j'ai glissé une main sous ma jupe et, en me penchant légèrement, je me suis enfoncé un doigt dans le sexe. Je l'ai agité tout doucement en regardant le Noir, les yeux exorbités et la bouche grande ouverte, toucher subrepticement sa queue qui n'en pouvait plus. Sans avoir joui mais en ayant quand même pris beaucoup de plaisir, j'ai mis fin à ce jeu.

Après avoir mis de l'ordre dans ma tenue, je suis allée rejoindre le voyeur. J'ai fait semblant de m'intéresser à son livre et, sans un mot, il a pris ma main gentiment, comme pour y déposer un baiser. Il a senti mon doigt odorant et souillé et il l'a sucé. Je lui ai souri et je suis repartie chez moi pour calmer mon excitation. Allongée sur le dos devant un miroir, je me suis baisée et enculée avec des godes jusqu'à ce que j'éprouve plusieurs orgasmes. Jamais je n'ai eu de relation avec les voyeurs à qui je me donne en spectacle car je suis fidèle et je me réserve pour Martin. J'ai hâte qu'il rentre pour lui raconter mes frasques. Cela va nous exciter tous les deux et nous allons faire l'amour comme jamais. Je le sens. La semaine prochaine, il sera là et peut-être que je lui permettrai de découvrir mes petits jeux.

– Ginette

Entre domination et soumission, mon corps balance

Paul malaxe mon corps de toute la force de ses grandes mains; il m'attache au lit pour me prendre après m'avoir bandé les yeux.

J e suis mariée depuis douze ans et j'en ai trente-deux. Je suis très attachée à mon mari, mais, en ce qui concerne les rapports conjugaux, il y a bien long-temps que j'en ai épuisé toutes les ressources. Il y a deux ans, j'ai eu le bonheur de rencontrer un homme merveilleux qui est très vite devenu mon amant et m'a initiée aux délices de la domination-soumission. Paul, mon amant, a d'abord commencé à m'attacher les seins: il me faisait pencher en avant pour passer autour de chacun d'eux un lacet de cuir, qu'il serrait ensuite et par lequel il me traînait derrière lui comme une es-clave. Me sentir ainsi sa chose m'excitait au plus haut point, et la jouissance que j'avais ensuite n'avait plus rien de banal... Paul, qui se livre à ces pratiques depuis longtemps, a toujours plusieurs esclaves qui ne trouvent leur satisfaction que dans la servitude qu'il leur impose.

Je suis, par exemple, vêtue d'une guêpière lacée très serré, chaussée d'escarpins à talons très hauts et très pointus. Mes seins sont offerts impudemment aux regards et aux mains de mon ami. Il les caresse, les embrasse, les suce... puis nous nous installons dans des fauteuils confortables. Deux esclaves nues s'affairent à nos genoux. J'écarte mes jambes et ordonne à la mienne de me lécher. Paul sort sa queue qu'il enfile dans la bouche de l'autre. Les servantes nous sucent avec application et attendent nos ordres. Ensuite, l'une d'elles s'allonge devant moi. Paul regarde mes orteils s'enfoncer dans son vagin épilé qui se boursoufle, tandis que l'autre me tend ses nichons, qu'elle tient dans ses mains pour que je les fouette. La lanière de caoutchouc s'écrase sur les chairs tendres avec un bruit mat. Ensemble, elles crient leur douleur. Puis Paul les encule à tour de rôle.

Finalement, nous les congédions, et nous nous occupons l'un de l'autre. Paul malaxe mon corps de toute la force de ses grandes mains. Il m'attache au lit pour me prendre après m'avoir bandé les yeux. Ou bien c'est moi qui le fouette tout en branlant sa queue bandée, et je recommence aussitôt qu'il a éjaculé, jusqu'à ce que, complètement vidé, il me demande grâce. Ou encore, je prends ses couilles dans un lacet que je serre, et je le sodomise avec un godemiché. Il peut aussi me faire pencher en avant, attacher mes poignets à mes chevilles. Il fouette alors cruellement ma croupe ainsi offerte, puis écarte mes fesses cramoisies et cuisantes de douleur pour m'enfiler par le petit trou, malgré mes gémissements qui ont bien vite fait d'exprimer du plaisir...

Un jour, mon amant m'a fait découvrir un plaisir extrême, celui de la main effilée de son esclave dévouée, introduite en entier dans mon sexe mouillé. J'ai ainsi été besognée longuement par ce «sexe» à la raideur sans faille. J'ai joui sans arrêt devant lui, tandis que l'autre servante le branlait au-dessus de moi et qu'il pouvait ainsi se répandre sur mon corps, mon visage, mes cheveux... L'imagination de Paul est sans bornes. Il invente constamment de nouveaux jeux pour notre plus grand plaisir et la douloureuse jouissance de nos esclaves.

– Lucie

Jamais auparavant

Quel délice de baiser cette fille toujours distante, réservée, en levrette, debout, par-derrière, appuyée sur une table! Aucune femme ne m'avait jamais attirée auparavant.

⚜

J'ai trente ans, mon mari quarante. Nous nous entendons très bien sexuellement. Je suis multiorgasmique et mon mari peut tenir très longtemps quand il me baise. Nous avons également des séances faites uniquement de caresses, où je le masturbe longuement. Je mets très longtemps pour le «finir», malgré ses supplications. Nous avons un godemiché et un vibromasseur. De temps en temps, je le sodomise avec ce dernier mais je préfère le faire avec mes doigts. C'est sensationnel pour une femme d'amener un homme à l'affolement et de l'obliger à demander lui-même la pénétration. Mais mon propos n'est pas là. Nous avons un couple d'amis, plus jeunes que nous, dont le mari est un collègue du mien. Sa femme est très jolie, fine, rousse et un peu guindée. Bref, cette fille m'intrigue et m'attire à la fois.

Aucune intimité n'était encore née entre elle et moi jusqu'au jour où...

Nous habitons une petite maison en banlieue. Un dimanche, mon mari était allongé car il souffrait d'une vertèbre déplacée et ces amis arrivèrent. Je les fis entrer dans la chambre. Nous avons échangé quelques mots, puis je me suis dirigée vers la porte pour préparer du café. Nos amis étaient debout, appuyés contre le mur. Lucie était devant son mari qui avait les bras croisés sur elle. Elle portait un jean et un t-shirt. Je passai devant eux, très près, quand, sous une impulsion que je ne m'explique pas encore, je plaquai ma main sur le pubis de Lucie. Elle n'eut aucun recul. Dans un état second, je commençai à lui masser doucement l'entrejambe. Le silence était total. Sa respiration s'accéléra. Après un certain temps, très excitée, j'ouvris son jean, passai la main sous son slip jusqu'à sa chatte déjà gluante, trouvai son clitoris et le caressai. Elle commença à jouir. Je continuai ma caresse, je voulais l'amener au point du «non-retour». Après quelques minutes, je l'attirai doucement vers le lit tout proche et l'allongeai...

Son mari lui retira rapidement son jean et sa culotte. Je n'avais pas cessé de la branler. Elle avait écarté largement les jambes. Assise à côté d'elle, lui tournant le dos, j'entrepris une masturbation lente, minutieuse. Mes mains voletaient sur sa chatte. Ses plaintes se faisaient de plus en plus fortes, mais je lui refusais toujours l'orgasme. Je jouissais trop de la situation. Les hommes étaient toujours silencieux. Lucie était pantelante quand je retirai mes doigts. Enfin, je me retournai vers elle et, les doigts d'une main enfoncés dans son sexe, et l'autre main vibrant sur le clitoris, je la fis jouir.

Elle eut un orgasme fantastique. Elle hurla, le corps arqué, puis elle retomba. Elle s'apaisa lentement, je fis sortir les hommes. Elle ouvrit les yeux, me sourit et passa les bras autour de mon cou.

Après cette journée, Lucie et moi avons décidé de nous revoir très vite. Et effectivement, elle revint chez moi. Par la suite, j'allai chez elle toutes les semaines. Et puis, un jour, une idée terrible me vint. Nous avions de longues séances de caresses. Je dévorais littéralement la chatte de cette fille, la faisant crier. Elle me rendait mes cunnilingus avec une incroyable douceur. Nous avions à la maison un godemiché avec des sangles, dont nous ne nous servions d'ailleurs jamais. Mon mari l'avait autrefois emprunté à quelqu'un et ne l'avait pas rendu. Ses dimensions étaient celles d'une bitte moyenne. Un après-midi, en attendant Lucie, je le mis. L'effet était saisissant.

Lucie étant nue et couchée, je la rejoignis en réussissant à dissimuler l'instrument. Je me dérobai à ses mains, me plaçai entre ses cuisses, la léchant et le branlant longuement. Quand je la vis bien jouir, je m'agenouillai et plaçai le godemiché devant son vagin. Un peu inquiète quand même, je m'enfonçai lentement. Quelle chose merveilleuse, cette pénétration! Quel souvenir! Lucie ne sembla pas surprise. Mes va-et-vient devinrent plus assurés. Je lui relevai les cuisses, allant plus profond encore, plus vite. Elle jouissait de plus en plus; j'accélérai encore et elle cria dans un orgasme délirant.

Il y a presque deux ans de cela. Je crois que j'aime cette fille comme un homme. Quel délice de baiser cette fille toujours distante, réservée, en levrette, debout, par-derrière, appuyée sur une table! Aucune femme ne m'avait jamais attirée auparavant. Mon mari est au courant et ne m'a jamais proposé de participer à ces séances; tout au plus, cela l'amuse et l'excite. Nos rapports sont toujours aussi bons, car c'est merveilleux pour moi de baiser Lucie l'après-midi et d'être baisée le soir par lui.

– Chantal

Cinéma maison

J'étais debout au milieu de la pièce, le corps arqué et je me caressais en gémissant. J'avais presque oublié leur présence et seul le léger ronron de la caméra me rappelait parfois à la réalité.

Il y avait longtemps que j'avais envie de partager l'intimité d'un couple: fantasme triolisme, avec, en toile de fond, d'indéniables pulsions lesbiennes. J'ai rencontré José et France pas du tout par hasard. Ils avaient passé une annonce dans un journal branché de la métropole. J'ai répondu et, après quelques lettres, nous nous sommes rencontrés chez eux, à leur maison de campagne. Ce fut une rencontre étonnante. Il est vrai que les choses ne se passèrent pas exactement comme dans mon imagination, mais c'est peut-être encore mieux. Je n'ai pas fait l'amour avec eux au sens classique de l'expression, mais j'ai partagé, ô combien, leur intimité!

Ils se conduisirent d'abord comme si je n'étais pas là. Au cours de la projection d'une cassette très érotique, je vis d'abord France m'offrir un *strip-tease*. C'était José qui avait fait le film. France s'est ensuite caressée sur l'écran, puis, brusque changement de plan: José, nu, se masturbait. Ils regardaient cela avec moi, impassibles. Retour à l'image, avec France couchée à même le sol, jambes ouvertes, se fouillant le sexe et l'anus, puis, de nouveau, gros plan sur José, raide et congestionné de désir.

C'est alors que France est venue vers moi, en me disant: «Vous allez voir la suite "en vrai". Et grâce à vous, nous allons pouvoir compléter cette cassette. José vous montrera comment fonctionne la caméra. Vous verrez, c'est très simple.» C'était très simple, en effet... Très beau aussi de les voir dans toutes les positions de l'amour, tête-bêche ou accouplés. C'est France qui m'a demandé de me déshabiller. J'étais dans un bel état: excitée au-delà de ce qu'il est possible d'imaginer. Comme je faisais un gros plan sur eux, elle a étendu le bras pour me caresser du bout des doigts. J'ai cru jouir à son contact, mais elle a retiré sa main et j'ai pu reprendre mon travail.

Ils étaient très beaux dans le plaisir, surtout France qui ouvrait la bouche comme pour chercher son souffle tandis qu'elle jouissait. José s'est emparé de la caméra et son épouse m'a embrassée en me demandant de me faire jouir pour qu'ils puissent compléter le montage de leur film. Elle m'a caressée un peu, m'a embrassé le sexe, puis m'a abandonnée à mon rôle exhibitionniste. J'étais debout au milieu de la pièce, le corps arqué et je me caressais en gémissant. J'avais presque oublié leur présence et seul le léger ronron de la caméra me rappelait parfois à la réalité. J'ai joui les yeux fermés, laissant ma mouille couler le long de mes cuisses. France a poussé un cri avant de se relever et de venir m'embrasser, puis elle s'est agenouillée pour lécher ma fente humide. Nous sommes allés nous coucher peu après. J'ai dormi dans leur chambre, sur le lit d'appoint. À l'autre bout de la pièce, ils ont à nouveau fait l'amour, ponctuant leurs ébats de cris, de gémissements et de verbes aux accents très érotiques. C'était là aussi très excitant de ne rien voir et de tout entendre. J'ai su que José venait de jouir aux exclamations de France.

C'est volontairement que, moi aussi, tout en me masturbant, je me suis laissée aller à gémir, pour qu'ils sachent.

Et France est venue me rejoindre. Elle m'a demandé à haute voix de la faire jouir avec ma bouche et de lécher sa vulve pleine du plaisir de José. J'ai pu, en partie, satisfaire l'une de mes pulsions. J'avoue que cela m'a beaucoup excitée. D'autant plus qu'elle me disait: «Tout à l'heure, tu vas me prendre avec un vibrateur, tu vas me remplir de toi, et, après, c'est José qui me léchera.»

J'ai tout aimé de cette soirée: la regarder les cuisses ouvertes, la lécher, la prendre. Je n'ai regretté qu'une chose: ne pas l'entendre jouir avec moi. Mais elle ne voulait pas. Je l'ai entendue jouir après. Dans la pénombre, j'ai pu distinguer sa silhouette, accroupie sur le visage de José et j'ai entendu sa voix déformée par le plaisir qui disait: «Lèche, mon amour, lèche-moi bien, sens comme elle m'a bien fait jouir.»

C'était avant-hier; ce matin, France m'a téléphoné pour me demander si je voulais venir en vacances chez eux. J'ai accepté. Nous avons fait l'amour par télé-phone. Elle m'a demandé si je pourrais faire l'amour avec José. J'ai répondu «oui». Cela l'a fait jouir.

– *Micheline*

L'ascenseur

La peur m'avait procuré une tension qui se tranformait en désir érotique très puissant. Je me suis laissée aller à cette pulsion.

Je m'appelle Ginette, j'ai vingt ans et la seule aventure un peu étrange qui me soit arrivée s'est passée dans un ascenseur. Je travaille au vingt-et-unième étage d'une tour. La montée de l'ascenseur est plutôt longue. Au début, c'est un peu angoissant, puis on s'y habitue, on ne fait plus attention. On n'envisage même plus une panne, et pourtant...

Un jour, je suis arrivée en retard, et j'ai pris l'ascenseur seule avec un collègue que je ne connaissais que de vue. Soudain, entre le sixième et le septième étage, l'appareil s'est immobilisé. L'homme a manipulé tous les boutons, sans succès. Puis la lumière s'est éteinte, ne nous laissant que la faible clarté d'une veilleuse. Je me suis sentie effrayée et, petit à petit, angoissée. J'étais même au bord de la panique quand l'interphone a grésillé: «Ici le service de sécurité. N'ayez pas peur, nous

nous occupons de vous.» Mais je ne contrôlais plus ma peur, la pensée d'un vide de six étages sous mes pieds me révulsait, et je me suis mise à hurler.

Mon collègue a d'abord essayé de me calmer par des mots rassurants, et comme je n'arrivais toujours pas à me dominer, il s'est approché de moi et en s'excusant à l'avance de ce geste, m'a assené une claque. Je me suis brutalement arrêtée de crier et j'ai éclaté en sanglots. L'homme m'a alors prise dans ses bras et m'a embrassée. J'étais dans un coin, coincée par son grand corps. Ses mains me caressaient. La peur m'avait procuré une tension qui se transformait en désir érotique très puissant. Je me suis laissée aller à cette pulsion. Une de ses mains, glissée sous mon pull, tenait un de mes seins et en pinçait le bout, tandis que l'autre avait remonté ma jupe pour s'introduire dans ma culotte. Son doigt frottait doucement mon clitoris. Puis il s'est agenouillé devant moi, a baissé ma culotte, et pendant que je maintenais ma jupe relevée, il a commencé à me lécher.

Je sentais sa verge en érection contre mes genoux. Sa langue s'insinuait dans ma vulve. J'oubliais ma peur pour ne plus sentir que le plaisir qui montait dans mon ventre. Mais, avant que j'aie pu jouir, il s'est remis debout et m'a prise brutalement. Il m'a de nouveau embrassée et j'ai retrouvé dans sa bouche le goût fort et salé de mon sexe. Sans trop se préoccuper de moi, il me donnait de grands coups de reins et me secouait tout entière.

À ce moment-là, la lumière s'est rallumée et l'ascenseur a repris sa montée. Mais nous ne nous sommes pas arrêtés pour autant. Nous étions si excités et si tendus vers l'orgasme que même si les portes s'étaient ouvertes, nous aurions continué! Finalement, nous avons joui en même temps. Nous avons à peine eu le temps de nous rajuster avant d'arriver à destination.

Je suis sortie de la cabine sans un mot pour l'homme qui m'avait permis de passer agréablement un très «pénible» moment.

– Ginette

Je me fais jouir seule

Mais voilà, ça ne s'est pas arrêté là. Je me suis mise à y penser dans la journée. À rechercher comment faire pour me procurer plus de jouissance, à raffiner mon plaisir...

J'ai trente-sept ans, je suis mariée depuis plus de treize ans. Au début de notre mariage, mon mari et moi faisions beaucoup l'amour. Puis la lassitude est venue, mon mari a eu des aventures, et moi je ne disais rien parce que, comme ça, il me laissait tranquille. Il y a un an, il a dû changer de métier, il est devenu représentant pour une entreprise. Il s'absente donc souvent de la maison et je me retrouve seule pendant de longues soirées.

Un soir, je lisais dans mon lit *Emmanuelle*, un livre qu'avait acheté mon mari il y a de nombreuses années. Je me suis sentie toute troublée, et ma main est descendue doucement vers mon sexe. J'ai commencé à me caresser, d'abord au travers de ma chemise de nuit, puis je l'ai relevée, j'ai écarté mes jambes, et je me suis masturbée. Cela faisait près de vingt ans que je n'avais pas fait ça. J'avais un peu honte, mais le plaisir a été tellement fort que j'ai joui aussitôt. J'ai recommencé immédiatement, en continuant à lire et, cette fois, en faisant durer le plaisir... Le lendemain soir, je m'étais juré de ne pas recommencer, mais, couchée, je n'arrivais pas à lire un autre livre. Alors, j'ai repris *Emmanuelle*, mais en me promettant de ne rien faire. Peine perdue. Dès la première scène, je ne pensais plus qu'à une chose: me toucher. Je descendis vite ma main sous les draps et trouvai ma chatte toute mouillée. Je me fis de nouveau jouir très fort. C'est vite devenu une habitude, et j'en avais un peu honte. Pratiquement tous les soirs, aussitôt couchée, tout en lisant les passages qui m'excitaient le plus, je me masturbais avec fièvre...

Mais voilà, ça ne s'est pas arrêté là. Je me suis mise à y penser dans la journée. À rechercher comment faire pour me procurer plus de jouissance, à raffiner mon plaisir. D'abord, je ne me suis plus caressée sous les draps, mais sur le lit, toute nue, cuisses bien ouvertes. Puis je me suis regardée faire, j'ai mis un miroir entre mes jambes pour voir mes doigts jouer avec ma chatte, écarter les lèvres, s'introduire dans mon vagin, dégager mon clitoris et frotter le bouton. Ensuite, j'ai trouvé que c'était beaucoup plus excitant de rester habillée, assise sur le canapé du salon, de me toucher sur mon slip, de glisser la main dessous. Je me suis mise à acheter de la lingerie, et même des bas et un porte-jarretelles – ce que j'avais refusé à mon mari, et à qui je cache mes achats. Je porte cette lingerie *sexy* le soir, en arrivant à la maison. Je me regarde dans la glace... Toute la journée, je pense à ce que je vais faire et, le soir, je me fais attendre, me frottant le ventre contre les coins de table, les bras des fauteuils. J'attends de bien me sentir couler et alors, étalée dans un fauteuil, je me flatte... Face à un grand miroir, je regarde mes seins, je me mets à quatre pattes, comme une chienne, pour voir mes fesses et ma main qui s'active entre mes cuisses. Je me caresse aussi devant le poste de télévision, quand un homme parle; j'imagine qu'il me regarde, et ça me fait abondamment mouiller et jouir...

Et puis, j'ai trouvé que mes doigts ne suffisaient plus. Alors, je me suis mise à acheter des trucs à m'enfoncer dans le vagin, des bougies, des bananes, des concombres et même des saucissons... Il m'arrive de faire les courses en ne pensant qu'à ce que je pourrais bien me fourrer de gros et de long dans la chatte! Maintenant, ce n'est plus seulement le soir que ça me prend, mais aussi dans la journée. Il y a des jours où je ne pense qu'à ça. Une vraie rage. J'ai comme le ventre en feu. Plus je me branle, plus j'ai envie. Alors je fais ça n'importe où: dans les cabines d'essayage des magasins, les grands magasins surtout, en me regardant dans les miroirs, aux toilettes, au parking où je gare l'auto... Même au bureau, que je partage avec deux collègues; si elles sortent, j'écarte les cuisses et touche ma culotte qui est toute trempée.

Bien sûr, je n'ai rien dit à mon mari, mais, lorsqu'il est là, il m'arrive, si nous allons au restaurant, d'aller me branler aux toilettes... Mon rêve: trouver une amie aussi vicieuse que moi, pour que nous fassions cela ensemble face à face... comme lorsque j'étais adolescente.

– France

Un plus un

Au bout du fil, mon mari a dû me trouver convaincante, et pour cause! J'ai entendu un gémissement, suivi d'un soupir de soulagement. Il m'a remerciée et m'a dit au revoir. Moi, j'ai embrassé mon amant qui n'avait rien compris.

J'ai vingt-sept ans et je suis une femme tout à fait normale. Pourtant, j'ai découvert récemment une façon de faire l'amour que certains trouveront sûrement bizarre. Mais tant pis... Cela me permet d'avoir des orgasmes très forts et ne fait de mal à personne. C'est par hasard que j'ai fait l'expérience de ma perversion. Je suis mariée et je vis avec un homme extrêmement jaloux, mais hypocrite aussi car je sais qu'il a une maîtresse. C'est pourquoi, de mon côté, je ne me gêne pas non plus. Dans mon travail, j'ai un emploi du temps irrégulier qui me permet de profiter d'après-midi parfaitement tranquilles. Tout en aimant mon mari, il m'arrive d'inviter à la maison des hommes qui me plaisent. Ce jour-là, j'avais été séduite par un ami de ma sœur que j'avais rencontré en venant la voir. Le lendemain, il était chez moi, à trois heures de l'après-midi; et il n'y avait aucun mystère sur ce que nous allions faire. C'est tout juste si, en arrivant, il m'a embrassée et dit quelques mots aimables. Mais je m'en fichais, j'avais envie de faire l'amour avec lui et c'était tout.

Il m'a prise dans ses bras et il m'a emmenée dans ma chambre. Tout en m'embrassant, il m'a déshabillée et il s'est lui-même mis nu. Il me plaisait plus que je ne saurais le dire, mais je n'avais pas envie de le caresser. J'avais envie qu'il me pénètre. Ce n'est peut-être pas romantique, mais c'est comme ça. Il s'est allongé à côté de moi et il a commencé à me toucher les seins, délicatement. Je lui ai rapidement fait comprendre que je voulais qu'il soit plus direct. Il s'est alors couché sur moi et il m'a fait l'amour. Il était du genre très sensuel et qui prend son temps, mais tant que je sentais sa verge aller et venir, je me sentais bien.

Soudain, la sonnerie du téléphone a retenti. Sans réfléchir, j'ai tendu le bras et j'ai décroché. C'était mon mari. Au début, j'ai été surprise et je n'ai rien su dire. Mais il me parlait tendrement et amoureusement. Je n'ai rien pu faire d'autre que de lui répondre. Pendant ce temps, mon amant continuait. Il avait essayé de m'empêcher de répondre mais, maintenant, il s'en fichait et il était bien décidé à me faire l'amour, quoi qu'il arrive.

Mon mari a commencé comme ça:

— Ma chérie, je m'ennuie au bureau, j'ai tellement envie d'être avec toi...

Au même moment, les mains de mon amant sont passées sous mes fesses et un de ses doigts s'est insinué entre elles. J'ai poussé un petit soupir et j'ai répondu à mon mari :

— On va se voir ce soir. Patience.

Ma voix était essoufflée, mais je suis parvenue peu à peu à reprendre le contrôle de moi-même. Mon mari continuait, sans s'occuper de ce que je faisais :

— J'ai tellement envie de toi. Si tu étais là, j'embrasserais tes seins, je caresserais tes fesses...

J'ai eu une idée immédiate pour calmer mon mari qui était à plusieurs kilomètres de là.

— Tu n'as qu'à faire comme si j'étais à côté de toi.

J'ai entendu son souffle court. Visiblement, ça l'excitait autant que moi mais il hésitait encore.

— Oui, bien sûr, mais quelqu'un pourrait entrer. Je ne suis pas tout seul ici.

J'avais du mal à retenir mon excitation. Mon amant me faisait l'amour avec régularité et, si mon mari n'était pas plus pressé, j'allais être obligé de le quitter là. Un peu énervée, je lui ai parlé d'un ton convaincant.

— Je suis à côté de toi, tu passes ta main sous ma jupe et tu caresses mes cuisses. Tu y es ?

— Oui, j'y suis. Tu sens vraiment bon aujourd'hui. Tu t'es parfumée, n'est-ce pas ?

La verge de mon amant m'amenait doucement vers le plaisir. À chaque coup, j'avais du mal à retenir un cri.

Je balançais mes pieds de haut en bas et je les cognais contre le lit quand le plaisir était trop fort. Il m'a fallu un certain temps pour répondre au téléphone.

— Oui, mon chéri, je me suis parfumée, exprès pour te plaire. Mais tu bouges encore. J'aime ta main sur mon sexe, j'aime tes doigts entre mes cuisses. S'il te plaît, embrasse-moi les seins.

— Oh, oui! je t'embrasse le sexe aussi.

Là, j'avais de plus en plus de mal à lui répondre. Mais j'étais excitée parce que j'avais l'impression que deux hommes me faisaient l'amour en même temps. Alors, je me suis forcée et j'ai dit à mon mari, d'une voix enthousiaste:

— Embrasse-moi partout et, surtout, ferme la porte de ton bureau à clé.

Puis, j'ai laissé passer un moment.

— Ça y est? Alors maintenant, je vais retirer ma culotte et m'asseoir à califourchon sur toi. Tu me sens.

La voix qui m'a répondu n'était plus qu'un murmure.

— Oui, je te sens. Je vais te faire jouir. Tu vas hurler, assise sur ma verge. Je sens dans mes mains tes fesses et je les caresse. Tu aimes ça, hein? Je le sais.

À ce moment-là, mon amant, qui était, lui, vraiment en train de me faire l'amour, s'est agité plus rapidement et il a poussé un cri. Pour ne pas qu'on le remarque, j'ai crié de la même façon. Et j'ai été saisie d'un orgasme d'une intensité énorme, j'ai hurlé encore plus fort. Mon corps se cambrait et remuait dans tous les sens. Je criais des choses comme «oui, encore, plus fort». Au bout du fil, mon mari a dû me trouver convaincante, et pour cause! J'ai entendu un gémissement, suivi d'un soupir de soulagement. Il m'a remerciée et m'a dit au revoir. Moi, j'ai embrassé mon amant qui n'avait rien compris.

Depuis ce jour, mon mari, à ma demande, me téléphone souvent quand je ne travaille pas l'après-midi; et je me débrouille pour ne pas être seule à ce moment-là. Un jour peut-être, je lui avouerai tout.

– *Solange*

Amour simple

Nos pubis se sont heurtés avec violence, mais ça aussi ça me plaisait. Il m'a imposé un rythme violent. Sa queue me labourait avec une vigueur qui me tirait de petits cris d'extase. J'étais incapable de retenir plus longtemps mon orgasme.

Mon patron venait de m'engueuler, Jacques boudait depuis huit jours et les enfants étaient en vacances. Il y a des jours comme ça. Je suis entrée à «La Broue», juste en face du terminus d'autobus. Quand le garçon m'a apporté un verre en disant que c'était offert, j'ai failli tout envoyer promener. Et puis, du coin de l'œil, j'ai observé mon dragueur. Un brun. À peine trente ans. Assez bel homme, même si j'aime pas les dragueurs. Comme c'était un jour où rien n'était comme d'habitude, je lui ai fait signe de venir près de moi. Un garçon qui me désire dans une brasserie de terminus, ça ne m'était pas arrivé depuis dix ans.

En fait, Antoine était moins dragueur que je le croyais. Il m'a fait rire presque tout de suite. Je lui ai demandé ce qu'il voulait et il m'a carrément répondu: «Faire l'amour avec toi!» En quelque sorte, ça m'a émue. Un quart d'heure après, je grimpais avec lui le petit escalier de son hôtel. J'étais un peu oppressée. C'était pas la première fois que je trompais Jacques, mais c'était la première fois que je suivais un inconnu aussi facilement. Il m'a proposé de prendre une douche. J'étais sous le jet tiède et rafraîchissant quand il est entré dans la salle de bains. Nu comme un ver. Ça ne m'a pas trop surprise, mais j'étais étonnée qu'il soit déjà en érection. Une verge sombre que j'ai à peine eu le temps d'apercevoir. Il était déjà à côté de moi et il dé-crochait le pommeau de la douche. Nous avons joué à nous asperger pendant quelques minutes et ça a suffi à me détendre.

Il faisait chaud et nous étions comme deux ados à la piscine. En sortant, il m'a frotté le dos pour me sé-cher avec la minuscule serviette de l'hôtel et il m'a at-tirée vers lui. Quand il m'a serrée dans ses bras, je me suis rendu compte qu'il bandait encore. Sa queue était toujours aussi dure et brûlante sur mon ventre. Les draps sentaient le propre et la lessive. Pour la première fois, j'ai pensé qu'il bandait depuis si longtemps qu'il allait vouloir venir en moi très vite. Ça m'embêtait un peu. J'aime les préliminaires qui durent. À ma grande surprise, il a commencé à me caresser comme si j'étais la première fille qu'il prenait dans ses bras.

Ses mains étaient douces et très adroites. Ses doigts, curieux et décidés. J'étais si étonnée que je me suis laissée faire sans réagir. Je ne pensais même pas à lui rendre ses caresses. Il m'explorait minutieusement depuis le haut de la nuque jusqu'aux chevilles. Avec énormément de tendresse. Je me suis ouverte tout naturellement. Abandonnée. Les paumes de ses mains soupesaient mes seins, ses doigts s'enfonçaient dans mes reins, enveloppaient mes fesses d'une caresse autoritaire et protectrice, remontaient entre mes cuisses pour se plaquer sur ma vulve comme un cache-sexe.

J'étais bien. De plus en plus excitée. Contrairement à ce que j'avais craint, il n'avait pas l'air pressé du tout. Il a doucement glissé trois doigts dans ma fente. Tout le long. Merveilleux glissement. Soudain, je me suis dit que je n'avais encore rien fait pour lui et je me suis brusquement rendu compte que j'en avais envie.

Sa queue était chaude et onctueuse, particulièrement le gland, humide, que j'ai léché comme un gros bonbon. Ses doigts, qui massaient l'ouverture dilatée de mon vagin, s'aventuraient jusqu'à frôler mon petit bouton, me troublant de plus en plus. J'avais commencé à le sucer avec une certaine retenue. Pas par souci des convenances, mais parce que je savais qu'il m'arrivait de perdre la tête. Jacques me disait que dans ces moments-là je devenais brouillonne et maladroite. Même si j'y gagnais en passion et en enthousiasme. C'est exactement ce qui était en train de m'arriver avec Antoine. J'ai léché ses couilles dures et contractées en les inondant avec ma salive. Je le suçais de plus en plus voracement. Sa bite enfoncée dans ma gorge, je creusais les joues pour l'aspirer.

Il n'était pas en reste et je remuais le cul dans tous les sens pour mieux savourer les trois doigts joints avec lesquels il me pilonnait le sexe. Antoine a tant et si bien fait que c'est moi qui lui ai demandé de me baiser.

J'avais envie de sa queue dans mon ventre. De son ventre sur le mien. Il m'a transpercée d'une seule poussée. Nos pubis se sont heurtés avec violence, mais ça aussi ça me plaisait. Il m'a imposé un rythme violent. Sa queue me labourait avec une vigueur qui me tirait de petits cris d'extase. J'étais incapable de retenir plus longtemps mon orgasme. Je l'ai crié à Antoine, mais il n'a pas joui avec moi. Après m'avoir accordé deux ou trois minutes de repos, il a recommencé à me sauter. J'avais beaucoup joui et les va-et-vient de sa verge provoquaient des clapotis obscènes qui me ravissaient. J'avais de nouveau envie de jouir. Antoine a posé mes chevilles sur ses épaules. Mes fesses et mes reins ne touchaient plus le lit et j'avais l'impression qu'il pouvait entrer encore plus profondément en moi. Tout en me pistonnant à une cadence de plus en plus rapide, il a faufilé une main entre mes fesses. Ma position me laissait entièrement ouverte à toutes ses entreprises. Il en a profité pour introduire son doigt le plus long dans mon cul. J'ai joui une seconde fois en mouillant avec abondance. Il y avait bien longtemps que je n'avais pas connu un tel plaisir. Et ce n'était que le début.

Antoine a sorti sa queue de mon vagin et il l'a coincée dans ma fente. Je lui ai dit qu'il pouvait éjaculer en moi puisque je prenais la pilule. Il n'a pas eu l'air de m'entendre et a frotté sa queue dans le sillon de ma vulve pendant que son doigt continuait à me branler le cul. Tout à coup, il est resté parfaitement immobile. J'étais si bien partie que je ne me souciais plus de rien d'autre que de mon plaisir. Je l'ai provoqué en donnant des coups de cul et en le suppliant de me baiser encore. Très lentement, son doigt est sorti de mon anus. Malgré la brume qui m'enfiévrait, j'ai compris qu'il allait me sodomiser. Je ne l'avais fait qu'une seule fois avec Jacques. Le plaisir m'avait si violemment fait perdre la tête, j'avais déliré et hurlé avec tant de force que j'en avais eu honte. Depuis, j'avais toujours refusé de recommencer.

Antoine ne m'a même pas demandé si j'acceptais ou non. Son gland a distendu l'anneau de mon cul. J'avais tellement envie de le sentir dans moi que je me suis ouverte sans difficulté. Il est entré très lentement. Centimètre après centimètre. Je n'avais jamais aussi bien ressenti une pénétration.

Je ne me souviens plus avec précision de ce que je disais. Des mots sans suite. Des encouragements. Des témoignages de mon contentement et de ma joie. À mesure que sa bite remplissait mon cul, je devenais de plus en plus folle. Un orgasme fabuleux commençait à s'amasser dans mon ventre. Dès qu'il a bougé, ça a été comme une langue de feu qui me léchait à l'intérieur. Une formidable explosion qui m'a fait crier de bonheur. Depuis cette rencontre mémorable, Antoine est devenu mon amant régulier. Il m'a redonné confiance en moi et je lui prouve toujours ma reconnaissance en lui offrant... mon cul.

– Louise

Jeux de rôles

Dans nos jeux, elle exige parfois que je la vouvoie et que je l'appelle Madame. Je peux être sa secrétaire, sa femme de ménage, une patiente qui vient se faire examiner chez le gynécologue, une employée qui subit un droit de cuissage ou, pourquoi pas, une prostituée pour femme.

Ma liaison avec Alice date de huit mois. Je ne suis pas exclusivement lesbienne et si j'avais déjà connu d'autres femmes avant de la rencontrer, j'ai eu des liaisons plus fréquentes et plus assidues avec des hommes. Mes premières expériences bisexuelles dataient de l'université. Avec Alice, j'ai toutefois découvert de nouvelles façons de jouir qui semblaient mieux correspondre à mes désirs. Je me montre très passive, soumise et docile dans nos relations, ce qui convient parfaitement à Alice, qui aime diriger et m'imposer ses désirs. Ce n'est pas une dominatrice, au sens strict du terme, mais plutôt une femme exigeante qui prend plaisir à me soumettre dans des scénarios élaborés.

Entre nous, il n'y a jamais eu de violence.
D'ailleurs, Alice n'a pas besoin de ça pour arriver à se
faire obéir. Tout tient dans sa personnalité, son regard,
le son de sa voix. Il me suffit de me trouver face à elle
pour me sentir troublée et n'avoir qu'une envie: la satisfaire. Encore plus lorsqu'elle porte l'une de ses tenues de cuir qui la rend irrésistible à mes yeux. Alice
m'impose plusieurs choses, par exemple, avoir le sexe
toujours parfaitement épilé et raser aussi les quelques
poils sur le pourtour de mon anus. Je dois être entièrement lisse et cela m'excite déjà énormément quand je
me prépare pour elle. Dans nos jeux, elle exige parfois
que je la vouvoie et que je l'appelle Madame. Je peux
être sa secrétaire, sa femme de ménage, une patiente
qui vient se faire examiner chez le gynécologue, une
employée qui subit un droit de cuissage ou, pourquoi
pas, une prostituée pour femme.

Un soir, elle est allée jusqu'à m'imposer de jouer
les servantes dociles, alors qu'elle avait invité une amie
à dîner chez elle. C'était une lesbienne et, intégrale-
ment nue, je les ai servies à table à la lueur des bougies
que j'avais disposées dans des chandeliers. Pendant
qu'elles discutaient et bavardaient, je devais rester près
d'elles. Au début, j'étais assez gênée. Je ne connaissais
pas du tout Nathalie, l'amie d'Alice. Mais, peu à peu,
cette situation si *sexy* s'est mise à m'exciter comme rarement cela ne m'était arrivé. Le regard de Nathalie
s'attardait longuement sur mes seins ou sur mon sexe.
Je savais très bien que la soirée ne se limiterait pas à ce
simple repas.

Alice n'hésitait pas à caresser mes fesses quand je
me penchais pour servir son assiette ou remplir son

verre, tout en demandant à Nathalie si elle me trouvait mignonne et *sexy*. À la fin du repas, elles sont passées dans le salon. C'est moi qui me suis occupée d'ouvrir la bouteille de champagne et Alice a proposé à Nathalie de m'essayer en disant: «Elle lèche très bien, tu vas voir! Laisse-toi faire par sa petite langue vicieuse.»

J'ai été forcée de m'agenouiller devant Nathalie, à remonter moi-même sa jupe sur son ventre et à descendre sa culotte à mi-cuisses. Elle avait un sexe roux très touffu et, pendant qu'elle bavardait avec Alice, j'ai passé ma langue sur sa chatte, sur son clitoris. Cette situation si excitante m'a mise hors de moi. Nathalie a posé une cuisse sur l'accoudoir du canapé pour que je puisse lécher son anus. Elle me trouvait bien éduquée et parlait d'un repas entre femmes où elle aimerait bien me voir assurer le service. Alice était prête à me céder pour ce nouvel extra et pendant près de deux heures, je me suis offerte sans aucune retenue à ces deux femmes qui m'ont branlée avec toutes les bougies et se sont amusées à plusieurs reprises à faire couler du champagne entre mes cuisses pour venir le lécher ensuite sur ma fente.

– Geneviève

La façon dont j'use des hommes

Il faut que je vous avoue d'abord que je suis toujours en admiration devant une belle paire de couilles et une belle grosse queue. Quoi de plus beau qu'un pénis bien raide qui se dresse au milieu d'une touffe de poils abondante...

Je m'appelle Johanne, j'ai trente-sept ans. Je pense être une belle blonde, bien roulée, comme disent les hommes, et j'aime mettre mes formes en valeur. Cela, je le reconnais, me rend aguichante et excitante. J'aime porter un corsage à demi dégrafé dévoilant ma poitrine nue, une jupe très courte qui laisse apercevoir le haut de mes cuisses ou un jean serré qui moule mes fesses et ma chatte. Je devrais peut-être en avoir honte, mais je suis comme ça: j'aime me sentir désirée par les hommes. Je ne suis pas une allumeuse, j'aime me livrer à un homme ou à une femme qui me plaît, car je suis bi-sexuelle.

Ce que je vais vous conter ici, c'est la façon dont j'aime user d'un homme pour jouir et le faire jouir. Il faut que je vous avoue d'abord que je suis toujours en admiration devant une belle paire de couilles et une belle grosse queue. Quoi de plus beau qu'un pénis bien raide qui se dresse au milieu d'une touffe de poils abondante; quoi de plus beau que les fesses que l'on écarte doucement pour découvrir le sillon profond et ombré de poils qui cache en son centre le trou plissé et serré de l'anus. Tout cela appelle mes doigts, mes lèvres et ma langue. Mes mains d'abord qui vont aux couilles pour les soupeser, les enserrer, les presser doucement, les rouler entre mes doigts, pour s'égarer ensuite dans les poils. Elles jouent à emmêler et à démêler les boucles frisées, puis atteignent bientôt la base de la queue. Mes doigts glissent alors le long de la pine et commence l'éternel mouvement de va-et-vient, ce mouvement de branlage qui s'accélère soudain pour se calmer par intermittence, faisant se tendre la bite, dégageant le gland enflé dont le méat laisse suinter quelques gouttes de liquide transparent. C'est bon pour le gars; c'est beau et excitant pour moi.

Du bout de mes doigts que j'enduis de salive, j'enserre le gland et le frotte délicatement, pendant que mes lèvres frôlent les cuisses velues et remontent irrésistiblement vers les couilles que je lèche avec ardeur. La plupart des hommes raffolent des coups de langue sur les couilles. Puis ma langue humide de salive glisse le long de la queue en de longs mouvements de va-et-vient pour finalement remonter à son sommet. C'est alors que mes lèvres se resserrent pour former un doux anneau de chair tiède. Je pompe ce pénis, le faisant entrer et ressortir de ma bouche. Je le pompe de plus en plus frénétiquement, en creusant les joues et en salivant. Ma langue lape, mes lèvres coulissent, mes mains branlent la base de son sexe et caressent les couilles. Souvent, ce traitement provoque des gémissements chez mon partenaire qui m'encourage en appuyant ses mains sur ma tête. Ce que j'aime par-dessus tout, c'est lorsqu'à ce moment, il me dit des paroles vicieuses. J'adore me faire traiter de salope, de pute même.

J'aime être en position de «69» pour me faire masturber en même temps la vulve et le cul. Bien souvent, je ne désire pas que mon partenaire éjacule dans ma bouche, bien que je n'aie rien contre. Je pose ma tête sur son ventre, les yeux fixés sur sa queue, la bouche entrouverte. Je ne peux, moi non plus, m'empêcher de susurrer des paroles obscènes. D'une main, je le masturbe, tandis que l'autre main se glisse sous ses fesses. Mes doigts se faufilent dans la raie resserrée et vont à la rencontre de l'anus. Après l'avoir titillé d'un doigt lubrifié de salive, je force doucement l'entrée. J'enduis alors mon doigt de vaseline ou, à défaut, de crème adoucissante, et je l'enfonce progressivement dans le cul. Il n'y a rien qui m'excite plus que d'enculer un homme avec mon doigt, un doigt que j'anime alors d'un lent mouvement de va-et-vient. Je réclame à mon ami qu'il m'encule de la même façon. Rares sont les hommes qui résistent à ce délicieux traitement. En peu de temps, je parviens à les faire éjaculer. J'adore voir le sperme gicler pour se répandre sur mon visage, mon cou et mes doigts. J'aime le recevoir sur mes lèvres et ma langue tendue. Je me délecte de sa saveur et de son odeur. C'est à ce moment-là que je me branle, que je demande à mon partenaire de me pénétrer jusqu'à ce que j'orgasme. Parfois je le fais venir entre mes seins, et je prends un vif plaisir à étaler sa semence sur ma poitrine. Après quoi, je porte mes doigts à mes narines pour les humer, et à ma bouche pour les sucer.

Si mon partenaire est bien endurant et qu'il n'éjacule pas à la suite du vigoureux traitement décrit plus haut, alors je lui permets de me sauter. Chez moi, le plaisir sexuel avec un homme est lié au sperme, et je ne jouis vraiment dans ma tête et dans mon cul que lorsque je le vois éjaculer et que je peux ensuite m'en délecter. Mon rêve serait de *partouzer* avec de nombreux hommes qui se masturberaient entre eux, à genoux autour de mon corps nu et offert, et qui éjaculeraient l'un après l'autre. Après, j'aimerais qu'une femme soit assez vicieuse pour étaler toute cette semence sur mon corps...

– Johanne

Ma première expérience homosexuelle

Très à l'aise, elle commença à se dévêtir alors que j'hésitais encore et elle se retrouva en petite culotte alors que je n'avais ôté que mon chandail. Ayant essayé un premier soutien-gorge, elle me dit de l'essayer à mon tour et comme je restai plantée sans rien faire, elle me dit : « Attends, je vais t'aider. »

Je m'appelle Marie-Soleil; j'ai trente ans; je suis plutôt bien faite malgré ma poitrine assez menue. J'ai trois enfants et j'habite en banlieue de Montréal, fort heureusement près du centre-ville. J'y vais donc assez régulièrement pour faire des courses et, dernièrement, je m'y suis rendue pour les soldes dans les grands magasins. J'étais un jour affairée autour d'une grande caisse contenant des sous-vêtements en vrac. Il y avait beaucoup de monde et je ne prêtais plus attention aux bousculades; cependant, à un moment donné, un contact différent, plus appuyé, m'a tout de même mise en éveil. Il n'y avait que des femmes. Je me suis retournée pour voir qui s'appuyait sur moi de cette façon et j'ai aperçu une jolie rousse aux cheveux courts dont la taille et le gabarit étaient à peu près semblables aux miens. Elle m'a souri et a continué à fouiller comme si de rien n'était.

Je sentais bien tout son corps contre le mien. Ma première pensée fut que mon imagination me jouait des tours. J'ai donc changé de place et recommencé à chercher mon bonheur, mais chaque fois que je prenais un soutien-gorge qui me plaisait, quelqu'un tenait l'autre bretelle. C'était toujours elle. Elle me sourit de nouveau et me dit: «Je crois que nous avons les mêmes goûts et les mêmes mensurations.» Devant cette belle évidence, elle m'a proposé de faire nos emplettes ensemble. Après avoir rassemblé plusieurs articles, nous nous sommes dirigées vers les cabines d'essayage. Elle est rentrée dans la même cabine que moi en me disant que ce serait plus pratique. Très à l'aise, elle commença à se dévêtir alors que j'hésitais encore et elle se retrouva en petite culotte alors que je n'avais ôté que mon chandail. Ayant essayé un premier soutien-gorge, elle me dit de l'essayer à mon tour et comme je restai plantée sans rien faire, elle me dit: «Attends, je vais t'aider.» Elle a déboutonné mon chemisier, dégrafé mon soutien-gorge, et m'a fait des compliments sur ma poitrine: «Regarde, nous avons à peu près la même.» En prenant mes deux mains, elle les a appliquées sur ses seins, puis elle s'est mise à caresser les miens, très doucement. J'ai senti une vague de chaleur m'envahir. Lorsque ses lèvres se sont approchées des miennes, très lentement, ma décision était prise: je savais que j'allais vivre ma première expérience homosexuelle. Après un très long baiser durant lequel ses mains couraient sur tout mon corps, elle s'est détachée de moi en me disant qu'il serait plus raisonnable d'aller continuer nos essayages chez elle.

«À toi de te déshabiller la première», m'a-t-elle dit en arrivant chez elle. Je me suis dévêtue de façon très malhabile tant j'étais émue. Patricia ne me quittait pas des yeux, se caressait la poitrine d'une main tandis que l'autre était venue se nicher sous ma jupe, dans mon entrecuisse. «Viens», m'a-t-elle dit. J'étais presque nue, mais je n'osais pas, par pudeur, ôter ma petite culotte. Elle s'est alors agenouillée devant moi et a fait glisser lentement le tissu, couvrant de petits baisers chaque morceau de peau découvert. Puis, quand je fus entièrement nue, elle m'a prise par la main et m'a conduite jusque sur son lit. «Caresse-toi.» Ces attouchements m'avaient mise dans un tel état d'excitation que je me suis exécutée devant cette femme que je ne connaissais pas quelques heures plus tôt. Je me suis masturbée comme il m'arrive de le faire dans mes périodes de désœuvrement: d'une main, je titillais mes bouts de sein qui sont très sensibles tandis qu'avec le majeur de mon autre main, je tournicotais autour de mon bouton de plus en plus vite. Patricia s'était dévêtue à son tour. Elle est venue s'allonger près de moi. Ses mains ont exploré mon corps et, petit à petit, m'enhardissant, je fis de même. Je ne pensais pas pouvoir éprouver autant de plaisir à toucher d'autres seins que les miens, un sexe semblable au mien. Je ne me doutais pas non plus que des mains féminines pourraient éveiller des sensations aussi fortes dans mon corps. Ses baisers répondaient toujours à mon attente et elle sut m'amener jusqu'à l'orgasme, doucement, en retenant ses caresses lorsqu'elle sentait que j'étais prête à exploser. Elle me dit des mots d'amour.

Notre liaison dure toujours, à l'insu de mon mari. Quel avantage d'avoir une amante! Je n'ai aucune crainte de me faire reconnaître en sa compagnie. Chaque fois que je vais à Montréal, nous nous retrouvons, faisons nos achats ensemble, ce qui nous rappelle de bons souvenirs. Ma double vie ne me pose pas de problème tant je me sens différente en compagnie de Patricia. Les plaisirs que j'éprouve sous ses doigts, sa langue, sont différents de ceux que j'éprouve avec mon mari.

– Marie-Soleil

Autoérotisme

❦

Gros, minces, courts ou longs, droits ou doubles, avec ou sans éjaculateur, avec ou sans ceinture, en plastique dur ou mou, en métal, en latex imitant la chair, nous n'avons vraiment que l'embarras du choix. Moi, j'en possède de toutes sortes.

❦

J'ai toujours eu un gros appétit sexuel et, bien que farouchement célibataire, je ne peux pas me passer d'homme. Malheureusement, il y a des moments où une femme reste momentanément sans homme, surtout une femme comme moi qui se déplace beaucoup pour sa profession. Je me suis donc constitué, pour faire face à toutes les circonstances, une jolie petite collection de «produits de remplacement»... Sur le plan des «prothèses», je dois dire que nous, les femmes, sommes bien mieux loties que les hommes, qui ne disposent que de faux sexes féminins en latex dont l'agrément reste à prouver et de poupées gonflables dont l'aspect est à faire fuir. Je n'ose même pas imaginer les bruits que cela peut produire et la transpiration au contact de cette matière...

Pour nous, au contraire, quelle variété! Gros, minces, courts ou longs, droits ou doubles, avec ou sans éjaculateur, avec ou sans ceinture, en plastique dur ou mou, en métal, en latex imitant la chair, nous n'avons vraiment que l'embarras du choix. Moi, j'en possède de toutes sortes et j'en emporte toujours un assortiment avec moi. J'ai un petit faible pour le phallus double qui, à partir d'une base commune, en forme de grosse boule généralement, permet de s'occuper en même temps du plaisir de la vulve et de celui de l'anus. La forme parfaitement étudiée permet aux deux «membres» de pénétrer commodément et ensemble, le godemiché destiné au derrière étant habituellement plus menu que l'autre. Mais j'aime aussi les godemichés simples, surtout les bien gros qui me dilatent et me remplissent complètement et, surtout, ceux qui possèdent sur la tige des excroissances qui me font beaucoup de bien sur mes muqueuses et sur mon clitoris! Si, en plus, le gode est équipé d'un réservoir à «sperme», c'est encore mieux. Moi, j'y mets du lait de toilette pour bébés, ni trop épais ni trop liquide, et neutre pour la peau. Il se réchauffe sous ma main pendant que j'opère. Ou alors je le réchauffe avant, sous une grosse lampe, par exemple. C'est vraiment ce qui me rappelle le plus le vrai sperme. Et quand, en plein orgasme, j'appuie sur cette sorte de poire et que je m'envoie de longues giclées de cette crème, je vous assure que c'est fameux! Et bien plus fourni qu'avec un homme, naturellement. J'adore me sentir remplie par ces coulées tièdes.

Je demeure quand même relativement fidèle aux premiers modèles de vibromasseurs. Il se fait des

merveilles dans le genre maintenant et, personnelle-
ment, j'ai toujours dans mon sac de voyage un cadeau
qu'un amant m'a offert: un joli coffret très complet qui
me permet de disposer de dix «têtes», toutes différentes, ajustables sur un socle vibreur unique. C'est
vraiment le maximum de variété pour un minimum
d'encombrement, et c'est quelque chose que toute
femme un peu sensuelle devrait, à mon avis, avoir à
portée de la main quand elle n'est pas assurée de se
trouver un compagnon de lit.

Il y a des filles qui tiennent à ce qu'un godemiché
ressemble vraiment, en forme, en couleur et en texture,
à une vraie queue. Et c'est vrai que ça peut être excitant.
Moi, par exemple, je possède une grosse pine noire,
très bien imitée, qui me fait toujours autant d'effet
quand je la regarde s'introduire et remuer en moi. Mais,
en général, c'est aux sensations de contact que j'ac-
corde le plus d'importance. Cela ne m'empêche pas de
jouer les voyeuses dans mes exercices d'autoérotisme.
Je m'installe presque toujours devant une glace, les genoux remontés, bien écartés, et la tête relevée par un
gros coussin, pour mieux voir.

Quand une rencontre, une lecture ou un fantasme
m'a excitée au préalable et m'a fait mouiller, j'attaque
tout de suite mon plaisir avec un gode. Sinon, quand je
suis sèche, je commence par m'humecter abondamment avec mes doigts chargés de salive. C'est si bon
que, plus d'une fois, je continue à me masturber
comme ça, et à branler, avec trois doigts réunis, mon
petit bouton jusqu'à une première jouissance complète.
Mais ce n'est qu'une entrée en matière. Bientôt, l'engin
que j'ai choisi prend le relais de ma main. J'aime varier

les plaisirs. Ainsi, il m'arrive parfois, quand le fantasme du viol est très fort en moi, de commencer tout de suite par un très gros membre, plus gros la plupart du temps qu'un membre réel, quoique je préfère normalement me dilater progressivement en faisant entrer des engins de tailles croissantes. Le plus agréable de tout, c'est que je reste la maîtresse du jeu de bout en bout.

Certains godemichés ont des excroissances si bien placées qu'elles viennent me masser le bouton pendant que le manche s'enfonce complètement en moi. Pour obtenir le même effet avec un partenaire, il faut qu'il me caresse des doigts ou que je le fasse moi-même. Et puis, quand je me sens tout ouverte et en eau, j'empoigne le plus épais de mes membres de secours et alors, avec une brutalité à peine retenue, je me bourre littéralement, je m'écartèle avec ardeur, avec une intensité qu'un homme est rarement capable de maintenir assez longtemps. Quand ils sortent de moi, mes beaux et bons engins sont tout ruisselants de mes liqueurs et je vous assure que j'ai joui tout mon content! Mais n'allez tout de même pas croire que je dédaigne les beaux hommes, bien membrés et bien capables!

– Monique

Jeux de langues

꧁꧂

On peut en varier les plaisirs à l'infini tant par les positions que l'on peut prendre que par les caresses que l'on peut donner.

꧁꧂

J'ai vingt-deux ans et Alain, mon mari, trente-deux. Nous sommes mariés depuis huit ans. Dès le début, notre entente sexuelle a été parfaite car nous partageons les mêmes goûts: nous sommes passionnés par les jeux de langues. Nous ne nous procurons mutuellement des orgasmes que par des caresses buccales, la pénétration vaginale ne constituant pour nous qu'un préliminaire.

Autre avantage, cela nous donne une contraception efficace et non contraignante. J'adore pratiquer la fellation, complète bien sûr car j'aime le sperme. On peut en varier les plaisirs à l'infini tant par les positions que l'on peut prendre que par les caresses que l'on peut donner. J'aime particulièrement être allongée sur le dos, la tête relevée par un coussin, Alain à califourchon au-dessus de mon buste – cette position est idéale pour le sucer et le lécher. En alternance, je l'embouche en profondeur puis je retire sa verge pour la lécher sur toute sa longueur, embrasser son gland avant de l'engloutir à nouveau dans ma bouche. J'aime qu'il se retire juste avant d'éjaculer: je reçois alors de longues giclées de sperme sur le visage, les yeux, la bouche, j'adore le sentir couler dans mon cou.

Parfois, je me masturbe en même temps. Puis, Alain me fait un cunnilingus: je jouis rapidement car je suis très excitée. Nous alternons ainsi fellation et cunnilingus plusieurs fois de suite. J'apprécie beaucoup aussi être à genoux devant lui, qui reste assis sur le bord du lit, et de le mener à l'orgasme en le suçant le plus profondément possible tandis qu'il tient ma tête de ses deux mains: quand son sperme gicle au fond de ma gorge, j'avale tout. Parfois, devant une glace, lui debout, moi à ses genoux, d'une main je caresse ses testicules, de l'autre je tiens sa verge, lui imprimant un lent mouvement d'avant en arrière. Avec ma langue, je lèche le gland. Me voir dans la glace, ruisselante de son précieux liquide, sentir l'odeur et le goût du sperme m'excite profondément. Je lèche sa verge alors qu'il a éjaculé déjà plusieurs fois. Nous nous masturbons souvent, «chacun pour soi» ou mutuellement. Quand Alain éjacule dans mes mains, je les frotte sur mon visage avant de les lécher.

Parfois, quand il vient dans ma bouche, je rejette le mélange de sperme et de salive dans mes mains, puis je répands le tout sur mon visage et sur mes seins. D'autres fois, je vais l'embrasser et nous mélangeons nos langues dans sa liqueur d'amour. Quand nous avons fait l'amour une bonne partie de la nuit, je m'endors le visage ruisselant de sa crème qui commence à sécher, imprégnée de cette odeur âcre et douce à la fois...

Mon rêve est de faire l'amour avec deux ou trois hommes: je leur prodiguerais à tour de rôle une fellation pour qu'ils éjaculent sur mon visage, dix ou quinze fois si nécessaire...

– Julie

Les souvenirs ravivés

Trop excitée pour résister plus long-
temps, je l'ai fait pénétrer dans mon
sexe. Quel plaisir! Je revoyais les scènes
de la nuit précédente, tout en poussant
l'objet de plus en plus loin au fond de
moi.

Il m'est arrivé en juillet dernier une aventure dont je rêve encore. Si je n'en parle qu'aujourd'hui, c'est que j'en ai longtemps eu honte... Je rentrais d'un voyage d'affaires en Italie, encore tout émoustillée par le souvenir de l'Italien qui avait partagé mon lit la nuit précédente. Je ne cessais de penser à lui dans l'avion qui me ramenait à Montréal.

Il m'avait fait l'amour divinement. J'en étais encore toute troublée. Sans m'en rendre compte, je me caressais doucement par-dessus ma jupe. Le désir montait. Tout au long du voyage de retour, le souvenir se faisait plus précis, et ma main plus pressante. Mon sexe devenait chaud, humide sous mes doigts. N'en pouvant plus, je me suis rendue dans les toilettes. J'ai ôté ma culotte, remonté ma jupe jusqu'à la taille et je me suis emparée du petit vibrateur qui ne me quitte jamais. Je l'ai passé lentement sur mon sexe moite, décrivant de petits cercles avec le bout de l'objet froid sur mon clitoris. Trop excitée pour résister plus longtemps, je l'ai fait pénétrer dans mon sexe. Quel plaisir! Je revoyais les scènes de la nuit précédente tout en poussant l'objet de plus en plus loin au fond de moi. De la main gauche, je titillais légèrement mon clitoris avec deux doigts. Ma main droite se faisait de plus en plus rapide, de plus en plus puissante. Le vibrateur heurtait le fond de mon vagin.

La jouissance montait, je haletais quand soudain, alors que je n'avais rien pu voir venir, un homme entra dans la toilette que j'avais oublié de verrouiller. Prise de panique, j'ai rabaissé brutalement ma jupe sur mes genoux. Cet homme, d'une quarantaine d'années, m'a dit: «Pardon, mademoiselle.» Je l'ai regardé bêtement, incapable du moindre mot, me sentant rapidement rougir comme une collégienne. Je sentais en moi le vibrateur, j'étais encore toute mouillée, envahie par une honte de gamine surprise. Voyant que je restais immobile, il s'est approché de moi: «Ça ne va pas, mademoiselle?» Il m'avait surprise juste avant l'orgasme, j'étais pantelante. Soudain, j'ai vu son regard se figer sur la tablette de la toilette. Un étrange sourire est apparu sur son visage. Horreur! J'y avais laissé ma culotte! «Ah... On ne s'embête pas... Je peux vous aider?» Et, sans un mot de plus, il est venu s'installer à côté de moi. Il paraissait très calme. Il a posé une main sur mon genou: j'étais incapable de l'en empêcher. Il a remonté le long de ma cuisse. Je tremblais. Arrivée entre mes jambes, sa main s'est posée sur le vibrateur. Cette fois, je l'ai repoussé vivement (sans trop savoir pourquoi, car j'étais folle de désir). Il a gardé son calme: «Vous préférez faire ça toute seule? Vous aimez les objets? En voici un...»

Et sans que je puisse dire quoi que ce soit, il s'est déshabillé complètement et s'est installé devant moi offrant à mes yeux ébahis un sexe déjà gonflé de plaisir, un corps immobile, comme endormi. Que m'arrivait-il? Je sentais mon sexe devenir brûlant. Je ne pouvais plus me contrôler. Il ne bougeait pas. Comme un automate, sans me contenir, j'ai tendu la main vers son sexe magnifique et je m'en suis emparé doucement. Il a fermé les yeux, il était «à moi». J'ai commencé à le masturber, décalottant bien le gland, massant les testicules comme il me plaisait. J'avais l'impression de pouvoir faire ce que je voulais de lui, j'étais aux anges. J'ai enfoncé ce sexe dans ma bouche et j'ai repris le va-et-vient du vibrateur dans mon vagin. J'avais envie de le mordre un peu: je ne me suis pas gênée. Je l'ai sucé longuement. Tout m'était permis.

Au comble de l'excitation, j'ai ôté le vibrateur et je me suis empalée sur ce «cadeau» qu'il me faisait. Il restait toujours inerte. Je pouvais faire ce que je voulais, contrôlant moi-même la vitesse ou la puissance de la pénétration. Je caressais sa poitrine, puis mes seins, m'enfonçant de plus en plus sur ce membre offert. Je lui mettais un doigt dans la bouche, comme s'il avait vraiment été une machine, puis le frottais sur mon clitoris ou l'enfonçais dans mon anus. Un orgasme inouï m'a envahie, sans prévenir. Je n'avais jamais joui comme ça, jamais. Comme si je l'avais demandé, il a éjaculé aussitôt. J'étais en sueur, comblée, comme dans un rêve. Je me suis rassise à ma place. Sans attendre, il s'est rhabillé et est sorti sans un mot.

Depuis quatre mois, j'y pense sans cesse. Aujourd'hui, la honte a disparu, laissant place à un souvenir fabuleux.

– Lorraine

La voisine du cinéma

Je me lève pour la laisser passer et nous nous trouvons face à face quand je sens une de ses mains sur ma hanche et l'autre sur mon bas-ventre, gestes trop appuyés pour être dus au hasard. Elle reste ainsi immobile, comme moi, et je l'entends me dire: «Tu me plais, j'ai envie de te branler, tu veux bien, dis?»

Depuis douze jours, je suis seule; mon mari, en voyage d'affaires, ne rentrera que dans trois ou quatre jours. Le temps est gris et triste: après-midi d'ennui, je traîne. Je décide d'aller voir un film à la séance de dix-neuf heures. Quand j'arrive, le film est commencé et je choisis de m'asseoir au fond de la vaste salle à peu près vide. Un peu plus loin sur la rangée où je m'assieds, une femme seule. Le film se déroule, sans intérêt; l'ennui me poursuit. Au bout d'un quart d'heure, voilà que l'envie me prend de me masturber, sans doute à cause de ma chasteté forcée depuis douze jours, car le film platement insipide ne pousse pas à la chose.

Je jette un coup d'œil à la femme voisine avant de passer ma main sous ma robe: je la vois se lever, remettre son imperméable et se diriger vers moi pour sortir. Je me lève pour la laisser passer et nous nous trouvons face à face quand je sens une de ses mains sur ma hanche et l'autre sur mon bas-ventre, gestes trop appuyés pour être dus au hasard. Elle reste ainsi immobile, comme moi, et je l'entends me dire: «Tu me plais, j'ai envie de te branler, tu veux bien, dis?» Pourquoi ai-je répondu oui? Je me pose encore la question. Je me rassieds après avoir relevé haut ma robe, lui offrant cuisses et ventre, mon minuscule slip ne voilant guère mon intimité. Elle sort de la poche de son imper un vibromasseur et me souffle à l'oreille: «Je vais te branler avec.» Accroupie à mes pieds, elle écarte le peu d'étoffe qui couvre ma vulve et commence à me pénétrer sans peine. Je suis déjà coulante. Je commence à geindre, elle me met mon foulard sur la figure: «Surtout, ne crie pas!» Bien entendu, je me cabre au moment où le gode s'enfonce dans mon ventre, je jouis, raidie sur mon fauteuil. Elle attend que je m'apaise.

— C'était bon?

— Oh oui!

— Tu en veux encore?

— Oui, encore!

Et me voilà de nouveau investie et masturbée. Je suis béatement heureuse, impudiquement offerte à cette inconnue que je distingue à peine. Le gode me fouille le vagin par de longs va-et-vient et, pour la seconde fois, je jouis sous ses coups. Elle s'assied à mes côtés, extrait le gode de ma fente et, soulevant sa robe, cuisses ouvertes, se branle et jouit sous mes yeux. Ses spasmes apaisés, elle se rajuste, m'embrasse sur le mont de Vénus et s'en va. Ahurie par ce qui vient de m'arriver, je n'arrive pas à sortir d'une espèce de torpeur brumeuse dans laquelle je flotte, béate et comblée. La lampe de l'ouvreuse qui conduit un couple dans mon voisinage me réveille et me fait réaliser que j'en suis encore à exhiber ventre et sexe. Rabattant ma jupe, je me lève, enfile mon manteau et rentre chez moi.

Le souvenir de cette aventure me poursuit: c'est la première fois que je trompe Louis, mon mari si gentil et qui me fait si bien jouir. Je suis tellement perturbée à son retour qu'il me demande ce qui ne va pas et là, effondrée, en pleurs, je lui confesse mon aventure. «Avec un homme, je t'en voudrais, mais avec une femme, je trouve ça amusant, et puis cela ouvre des perspectives, j'aimerais bien te voir faire, j'en profiterais.»

Depuis, nous invitons de temps à autre des amies solitaires à partager notre lit. Il est heureux, moi aussi, et notre jouissance commune en est doublée.

– Sylvie

La main... heureuse

Soudain, j'ai senti quelque chose sur ma cuisse droite. Je nageais en plein délire amoureux. Je ne savais pas ce qui était vrai et ce qui était rêve. La chose, qui était en fait la main de mon voisin, s'est mise à glisser lentement sous la couverture. Je me sentais bien, je n'ai pas réagi.

Il ne m'arrive jamais d'aventures, et je ne les cherche d'ailleurs pas. Je me contente d'être fidèle à l'homme qui partage ma vie. Cependant, l'année dernière, il m'est arrivé une histoire qui m'étonne toujours aujourd'hui. Je suis allée au Brésil, et une partie du vol se déroulant de nuit, j'avais décidé de dormir pour ainsi arriver relativement fraîche à Rio – une quinzaine d'heures de voyage, avec les transferts, ça relève presque de l'épreuve.

À l'embarquement, j'ai remarqué un homme d'une trentaine d'années, un Sud-Américain, qui n'arrêtait pas de me regarder à la dérobée. Une fois dans l'avion, il s'est assis à côté de moi. Les sièges sont numérotés dans ces avions et je ne pense pas qu'il avait «corrompu» l'hôtesse pour s'asseoir à côté de moi, je crois que c'était vraiment le hasard. Après le décollage, nous avons échangé quelques mots ; il ne parlait pas très bien le français, aussi ai-je rapidement décidé de dormir. J'ai pris un somnifère et je me suis pelotonnée sous ma couverture. On avait éteint les lumières de la cabine. Mon beau voisin semblait dormir.

À partir de ce moment-là, je ne sais plus très clairement ce qui s'est passé. Je me suis mise à faire des rêves érotiques. Je me voyais déjà au Brésil, avec mon ami que j'allais retrouver. Il me faisait l'amour sur des pyramides indiennes. Soudain, j'ai senti quelque chose sur ma cuisse droite. Je nageais en plein délire amoureux. Je ne savais pas ce qui était vrai et ce qui était rêve. La chose, qui était en fait la main de mon voisin, s'est mise à glisser lentement sous la couverture. Je me sentais bien, je n'ai pas réagi. Toujours avec lenteur et prudence, mon voisin a caressé mes jambes et s'est aventuré encore plus haut.

Je devais être toute trempée à cause de mes rêves érotiques. Il a écarté le fond de ma culotte et a fouillé doucement mon sexe. Puis il s'est mis à me branler avec langueur, en massant mon bouton avec l'index. Je prenais de plus en plus conscience de ce qui m'arrivait effectivement. Curieusement, à aucun moment je n'ai eu de réaction violente contre cet homme. Ce qu'il me faisait était très bon et c'était au bon moment, alors que j'étais tout excitée. Toutes mes réticences habituelles étaient gommées. J'ai entrouvert les yeux pour voir. Mon voisin était légèrement penché de mon côté. Sa couverture remontée jusqu'au cou, il faisait semblant de dormir. Sa main faisait une bosse sous ma couverture. Je la sentais agir de façon délicieuse dans mon sexe.

J'avais complètement écarté mes cuisses, pour l'aider. J'ai refermé les yeux et je me suis abandonnée au plaisir. Un peu sonnée par le somnifère que j'avais pris, je flottais. Le feu qui couvait dans mon sexe devenait de plus en plus fort. Par moments, je pouvais à peine réprimer des gémissements. Je mordais un bord de la couverture pour ne pas attirer l'attention des autres passagers. Mon voisin, me sentant prête à exploser, a enfoncé deux de ses doigts dans mon vagin. Ils étaient longs, ses doigts, ils entraient très profondément en moi. Je me suis mise à glisser sur mon fauteuil pour aller à sa rencontre. J'étais comme folle, et un peu frustrée de ne pas pouvoir avoir une vraie queue pour me remplir complètement. Mais la situation et mon abandon total m'ont vite fait oublier ces contrariétés. Bientôt, je me suis sentie happée par ce trou délicieux où on tombe au moment de l'orgasme.

Mon corps a été pris d'un long tremblement et les ondes du plaisir ont électrisé toutes les parties de mon corps. Épuisée, je me suis rendormie. Le lendemain matin, alors que nous n'étions plus très loin de notre destination, je me suis réveillée. Mon voisin était en train de lire. Il m'a dit bonjour, comme si rien ne s'était passé, et je me suis demandé si je n'avais pas rêvé toute cette histoire.

– Claudine

Deux plus deux!

Elle avait une façon de faire glisser sa langue le long de ma vulve qui m'a fait jouir comme jamais. Au bout de quelques minutes, j'ai senti qu'une main d'homme me caressait les seins. Une autre main s'est mise à toucher Doris. C'était bien sûr les mains de nos maris...

Depuis le début de notre mariage, nous avons mené, mon mari et moi, une vie très rangée et sans histoire. Nous avons un travail très absorbant qui ne nous permet pas d'avoir beaucoup de loisirs; néanmoins, l'an dernier, nous avons décidé de partir en vacances trois semaines en amoureux. Nous ne nous attendions pas à ce que notre «tête-à-tête» soit si mouvementé...

Nous avions loué un chalet dans les Laurentides. Les premiers jours ont été assez calmes. Nous allions au lac voisin dans la journée et nous passions la soirée à faire l'amour sur la petite terrasse. Le troisième jour, nous avons fait la connaissance d'un jeune couple d'une trentaine d'années. Ils nous ont invités à faire un tour sur leur bateau. Et une fois éloignés de la berge, nous avons suivi leur exemple et nous avons enlevé nos maillots. C'était la première fois que nous nous baignions nus, et au début je dois dire que ça m'a fait un drôle d'effet. J'avais l'impression que l'homme et la fille me regardaient. J'étais en même temps gênée et assez excitée. Le garçon s'appelait Denis. Il était grand, blond et musclé. Son amie, Doris, était une blonde avec des yeux en amande, des seins fermes et des fesses très bombées. Dès qu'elle a été nue, je me suis sentie très attirée par elle. J'ai bien vu que mon mari ne la quittait pas non plus des yeux et qu'il restait allongé sur le ventre pour cacher son excitation. Pourtant, il ne s'est rien passé pendant cette balade sur le lac. Le soir, nous avons soupé au restaurant, puis nous les avons invités à prendre le café au chalet. Nous avions vidé trois bouteilles de vin et nous étions tous les quatre un peu éméchés. Doris portait une robe bain de soleil très échancrée dans le dos. Elle est venue avec moi dans la cuisine pour préparer le café. Puis nous sommes retournées dans le salon où les hommes avaient mis un CD. Ils nous ont proposé de danser. Nous avons accepté, mais, au lieu de danser avec eux, nous avons entamé un slow, toutes les deux.

Au début, nos hommes ont un peu bandé. Je crois qu'ils s'étaient entendus dans notre dos et que mon mari comptait s'occuper de Doris pendant que Denis danserait avec moi. Mais finalement, après une ou deux réflexions, ils n'ont plus rien dit. Ça les excitait tellement de nous voir nous peloter... Depuis mon mariage, je n'avais jamais eu de relation avec une femme. Je croyais sincèrement que ça ne m'intéressait plus. Il a fallu que je rencontre Doris pour que je me rende compte que j'étais vraiment bisexuelle. Nous avons commencé par nous embrasser en nous serrant très fort. Nos seins se touchaient et nous les frottions doucement l'un contre l'autre. Puis la main de Doris a glissé le long de mon dos, en s'arrêtant chaque fois à la limite de mes fesses. Moi, je lui ai caressé les cuisses sans oser monter trop haut. J'attendais que ce soit elle qui prenne l'initiative.

Quand la chanson s'est arrêtée, mon mari a voulu danser avec Doris. Nous l'avons envoyé paître et nous avons continué à danser ensemble. Comme Doris continuait à me caresser le dos et qu'elle semblait ne pas oser aller plus loin, c'est moi qui me suis jetée à l'eau. Ma main a atteint sa petite chatte. Elle n'a pu retenir un petit gloussement quand elle a senti que mes doigts se posaient sur sa vulve. Nous avons arrêté de danser presque tout de suite. On s'est allongées sur le divan. Elle a enlevé sa robe. Elle ne portait rien dessous. Moi, je suis restée encore un moment avec mon short et ma blouse. Elle jouissait tellement sous mes caresses qu'elle ne me les rendait pas et se laissait faire comme un objet. Tout en continuant à lui titiller le clitoris, je suçais et je mordillais ses seins. Denis et mon mari s'étaient approchés de nous. Ils étaient à poil, et ils nous regardaient.

Ce qui m'aurait plu, c'est qu'ils se touchent tous les deux pendant que je m'occupais de Doris. J'ai enlevé ma blouse et mon short. Je me suis allongée sur elle. Nous nous sommes serrées très fort et nous avons entamé une parodie de coït. Puis, nous avons changé de position et nous avons entamé un 69. Elle avait une façon de faire glisser sa langue le long de ma vulve: ça m'a fait jouir comme jamais. Au bout de quelques minutes, j'ai senti qu'une main d'homme me caressait les seins. Une autre main s'est mise à toucher Doris. C'étaient bien sûr les mains de nos maris qui en avaient assez de nous regarder sans participer à nos ébats...

Cette nuit-là, Denis m'a fait l'amour deux fois, et mon mari a sauté Doris comme un fou. Il était tellement excité qu'il ne s'arrêtait plus! Doris en a eu assez et lui a demandé de se calmer un peu. Depuis ces vacances à quatre, notre vie de couple a changé. Bien sûr, de temps en temps, nous revoyons Denis et Doris quand ils sont de passage à Montréal, mais, de toute façon, nous avons aussi pris l'habitude de pratiquer à l'occasion l'échangisme. Il nous arrive d'aller dans des boîtes spécialisées, mais, le plus souvent, nous répondons à de petites annonces. Grâce à ces intermèdes, notre vie est moins monotone et il me semble aussi qu'une très grande complicité nous unit l'un à l'autre.

– Virginie

Agréable week-end

Je sais que pendant au moins deux heures nos corps se sont mélangés en tous sens. J'ai été sucée, écartelée, la queue de Christian m'a prise, Gisèle m'a sucée, bref, nous avons fait l'amour d'une façon extraordinaire.

Lorsque Gisèle, ma collègue de travail, m'a invitée à aller passer la fin de semaine chez elle et son mari, je ne me suis pas doutée de ce qui m'attendait. Je travaillais avec elle depuis six mois et rien dans son comportement ne pouvait laisser penser que le sexe l'obsédait. J'avais accepté l'invitation sans arrière-pensée, contente d'aller prendre le soleil à la campagne. Elle habitait dans une charmante petite maison qu'ils avaient restaurée. J'avais aussi vu des photos de son mari, mais il était plus beau au naturel, plus prenant.

Pas très grand, cheveux sel et poivre, très séduisant, il m'a tout de suite plu. S'il n'avait pas été le mari de ma collègue, je me serais arrangée pour le lui faire sentir. J'ai mis longtemps à comprendre que Gisèle ne voyait pas d'inconvénient à ce que nous fassions quelque chose ensemble. Tout s'est décidé pendant le repas du soir. Christian a commencé à parler d'amis à lui qui pratiquaient l'échangisme, puis Gisèle m'a demandé soudainement si j'avais déjà fait l'amour à trois. J'ai compris alors pourquoi ils m'avaient invitée. J'ai hésité un peu, puis j'ai eu envie de tenter l'expérience.

— Oui, cela m'est arrivé une fois, en vacances.

J'étais assez mal à l'aise, car je mentais et j'aurais été bien incapable de leur donner des détails. Mais ils ne m'ont pas posé de questions et se sont mis à raconter leurs souvenirs. J'étais un peu abasourdie par leurs exploits, surtout en pensant à Gisèle et à son attitude au bureau. Elle ne correspondait vraiment pas à l'image que je m'étais faite d'elle! Après le repas, Christian est venu s'asseoir près de moi sur le divan et m'a enlacée. Le regard de Gisèle me gênait un peu. Elle a dû le sentir car elle est venue près de nous et m'a caressé le visage.

— Détends-toi, tu as l'air toute crispée...

Je leur ai demandé de baisser la lumière et d'y aller en douceur, car j'avais moins d'expérience qu'eux. Gisèle m'a demandé si je voulais les regarder pour commencer. Christian s'est déshabillé et est venu enlever la robe de sa femme. J'ai remarqué qu'il avait un sexe très long, collé contre son ventre. Il y avait longtemps que je n'avais pas couché avec un garçon aussi bien pourvu. Gisèle était très belle aussi. Je ne l'avais jamais vue nue et j'ai admiré ses fesses, des fesses parfaites, comme j'aimerais en avoir. Je suis un peu grassette et j'en ai été longtemps complexée. Christian a écarté les cuisses de Gisèle, qui s'était couchée sur le tapis. Ses doigts ont fouillé la toison abondante de son sexe et sa bouche a suivi. Il la tenait par les cuisses et elle me regardait en me souriant. Je me suis dit que je devais avoir l'air idiote, assise sur le canapé, d'autant plus que la situation m'avais mise en état. J'ai soulevé ma jupe et retiré ma culotte, pour que mes deux amis puissent voir ma chatte, puis je me suis caressée. Christian a délaissé Gisèle pour venir me sucer. Sa langue était vive et douce, allant dans les moindres replis de mon sexe réveiller la jouissance. J'étais déjà bien mouillée et ouverte. Il m'a fait signe d'enlever ma jupe et mon chandail, et m'a attirée sur le tapis. À partir de ce moment-là, je suis incapable de décrire en détail ce qui s'est passé.

Je sais que pendant au moins deux heures nos corps se sont mélangés en tous sens. J'ai été sucée, écartelée, la queue de Christian m'a prise, Gisèle m'a sucée, bref, nous avons fait l'amour d'une façon extraordinaire. Je me sentais bien, à l'aise, et je m'en étais même étonnée. Je n'avais aucune pudeur, seul le plaisir importait. Je n'ai qu'un souvenir précis de ces deux heures: Christian était étendu sur le dos et Gisèle, assise sur lui. Je suis venue poser mon sexe sur la bouche de Christian et il a enfoncé sa langue entre mes lèvres, puis il a pris mes hanches et m'a plaquée contre lui pour me sucer. J'ai senti un orgasme très violent se préparer entre mes cuisses et j'ai eu l'impression d'exploser. Gisèle a crié presque en même temps que moi et la voix de Christian est venue rejoindre nos gémissements. Cet orgasme à trois est un plaisir que je ne suis pas près d'oublier.

Le lendemain j'ai repris le train pour rentrer chez moi et, le lundi, j'ai retrouvé Gisèle au bureau. J'ai eu du mal à croire que c'était la même qui m'avait fouillé le sexe de ses doigts agiles. Elle m'a fait un clin d'œil en me serrant la main.

– Barbara

Danse moderne

Mon corps s'est mis à trembler de désir quand j'ai perçu le frôlement de ses pieds nus. Quel soulagement d'être enfin entourée de ses bras, couverte de ses baisers!

Divorcée, j'ai vingt-sept ans et un enfant. Jusqu'à il y a peu de temps, je menais la vie paisible que j'ai toujours souhaitée. Puis récemment, au printemps dernier plus précisément, j'ai laissé s'y insinuer un grain de sable, ou plutôt un grain de folie. Je suis irrésistiblement attirée par une femme et incapable de réprimer mes désirs. J'ai honte du plaisir qu'elle me fait connaître, et pourtant je vis dans l'angoisse qu'elle se lasse de moi. C'est ma première expérience homosexuelle. Avant, j'aurais juré que cela ne pouvait pas m'arriver.

La première fois, ce fut quasiment un viol. Ça s'est passé un soir, à la fin du cours de danse moderne que je suis chaque mercredi. Je m'étais particulièrement donnée. Je n'étais pas pressée, je goûtais les sensations de mon corps épuisé. J'étais bien, molle, toute détendue.

Mon justaucorps était trempé de sueur. Quand je me suis décidée à me changer, les autres étaient parties. J'étais seule dans le vestiaire. Toute nue, j'ai commencé à m'éponger en prenant mon temps. Guylaine est entrée – Guylaine, c'est la prof de danse. Je ne pensais pas à mal, entre femmes, n'est-ce pas! Pourtant, quelque chose m'a mis la puce à l'oreille. Son regard, je crois. J'ai continué à me sécher en lui souriant gentiment. Tout à coup, elle s'est avancée, a posé ses mains sur ma poitrine, s'est pressée contre moi en me disant que j'étais belle, qu'elle avait envie de moi. Je ne sais pas pourquoi je n'ai pas su la repousser, j'étais tellement surprise de son aplomb...

Tout s'est passé très vite. Ses mains se sont emparées de mes seins avec autorité. Elles ont glissé sur mes reins, sur mon ventre. J'en avais le souffle coupé. Malgré moi, je sentais des frissons agréables et une douce langueur dans les jambes. Mon esprit paniquait, mais mon corps restait inerte. Elle gémissait en me serrant contre elle. Ses doigts se sont saisis de mon sexe. Sueur ou désir, j'étais humide. Elle m'a crue conquise. Ses doigts se sont insinués et m'ont pénétrée sans hésitation. À mon corps défendant, une grosse bouffée de chaleur m'a envahie: je m'abandonnais. J'étais une poupée malléable sous ses baisers. Sa bouche parcourait mon épaule, mes seins, pendant que son doigt allait et venait dans moi comme un sexe d'homme. Impossible de nier que j'avais du plaisir.

Elle s'est soudain laissée tomber sur les genoux, sans que sa bouche quitte ma peau. Une longue glissade de mon cou à mon ventre, jusqu'à se presser, s'écraser sur mon pubis. Cette bouche impatiente cherchait ma vulve. Je n'attendais que ça, mais, pour me donner bonne conscience, je résistais un peu. Je lui ai quand même ouvert mes cuisses et tendu mon ventre. Ses lèvres, sa langue se sont emparées de ma chair la plus intime. C'était doux et fort. J'ai ressenti un plaisir violent. J'aurais voulu ne rien sentir, j'avais peur de jouir. Mon clitoris était gonflé contre sa langue. Puis j'ai perdu tout à fait les pédales. J'ai joui. Elle m'a dit qu'elle était très heureuse, en me faisant une caresse sur la joue pour m'apaiser, me rassurer. Quand elle est sortie, je me suis enfuie comme une voleuse. Je suis rentrée chez moi, comme ivre, l'esprit tout retourné. Ma fille m'a trouvée bizarre. J'aurais dû lui parler, mais j'ai prétexté une grande fatigue pour aller me coucher sans manger, et ruminer ce qui m'était arrivé. «Je n'irai pas!» Le mercredi suivant, quand ma fille m'a dit: «Tu ne vas pas à ton cours?», j'ai dit: «Si, si!»

De toute façon, j'aurais fini par y aller. Plus je voulais me persuader que je ne devais plus la revoir, plus j'en avais envie. Non seulement j'ai connu un plaisir intense, mais surtout j'ai été fascinée par son violent désir pour moi. L'idée de m'y soumettre encore faisait vaciller mes bonnes résolutions. Je suis arrivée en retard. En entrant dans la salle, elle a eu un sourire qui a suffi à me mettre le feu au ventre. Elle m'a dit, plus tard, sa hantise que je ne revienne pas. Chaque fois qu'elle me regardait, il y avait un tel désir dans ses yeux que j'en tremblais. J'étais incapable de faire les enchaînements les plus simples. Elle en profitait pour venir corriger mes positions en se moquant gentiment. J'avais envie de pleurer tellement j'étais perdue. Après le cours, mon cœur battait à grands coups en entendant les bruits de pas des autres décroître dans le couloir.

Mon corps s'est mis à trembler de désir quand j'ai perçu le frôlement de ses pieds nus. Quel soulagement d'être enfin entourée de ses bras, couverte de ses baisers! Et quelle volupté de s'abandonner, de se laisser dévêtir, d'être un jouet nu entre ses mains avides et sa bouche goulue! Les fesses au bord du banc, les hanches serrées dans l'étau de ses doigts crispés, je lui ai ouvert grand mes cuisses pour qu'elle puisse venir y fouiller tout à son aise. Jamais je ne me suis offerte aussi totalement, même, et ça me gêne de l'admettre, à mon mari. Sa langue se convulsait sur et dans ma chair, tantôt lourde, tantôt légère. Toute ma pudeur s'était évaporée. Je libérais mon ventre des cris qui y naissaient. Je lui avouais mon bonheur en grognant des «oui» maladroits. Moi qui conservais toujours un peu de réserve quand je jouissais dans les bras de mon mari, j'ai hurlé quand l'orgasme m'a secouée. Je hurle toujours quand elle me fait jouir...

Ce jour-là, je ne l'ai pas touchée. Je serrais sa tête sur mon ventre, pendant qu'elle se caressait. J'étais très émue par son plaisir, je me promettais de lui en donner plus tard. Je suis très égoïste. Je n'ai guère d'autre envie que de me donner à elle, d'être sa chose. Je ne réponds pas souvent à ses baisers, je ne la caresse pas beaucoup. Cela ne me dégoûte pas, mais cela ne m'excite pas beaucoup de lécher son sexe. C'est son désir pour moi qui met le mien à fleur de peau. Il m'ensevelit doucement, je coule, je deviens guimauve... Je suis formidablement heureuse quand elle vient se repaître de moi, quand je livre mon corps aux jeux qu'elle sait inventer pour me prendre tout entière. Comprenez-moi à demi mot: il est de ces jeux que je n'ai pas encore le courage d'avouer...

Mon seul problème, c'est que, chez moi, avec mon enfant, ce secret me donne un sentiment de culpabilité dont je n'arrive pas à me défaire.

— *Louise*

Voyeuse

Je trouvais très émoustillant de les espionner. Je sentais mon sexe s'ouvrir et l'humidité perler entre mes nymphes. J'ai eu envie de me caresser et j'ai saisi mon clitoris entre deux doigts.

Si je n'avais pas partagé mon appartement avec Claire, je n'aurais jamais su à quel point cela m'excite de regarder un couple en train de faire l'amour. Au départ, nous avions convenu de ne pas amener de garçon chez nous mais, comme son histoire avec Karl durait, j'ai accepté qu'il vienne dormir à la maison, et cela, finalement, à ma surprise, pour mon plus grand plaisir. Le premier soir, ils ont voulu se montrer discrets et ont attendu l'instant où ils me croyaient endormie pour s'enlacer. Pourtant, j'étais si excitée de les savoir tous les deux ensemble dans le lit à côté que je ne dormais pas et, dès que j'ai entendu les draps se froisser, j'ai glissé mon regard à travers le jour du paravent. J'ai vu leurs deux corps nus serrés l'un contre l'autre. Karl caressait les seins de Claire et en embrassait

JULIE BRAY

les pointes avec ferveur. Sa main coulait le long de son dos, passait entre ses fesses pour effleurer sa vulve. Claire branlait entre ses doigts le sexe de Karl qui se dressait fièrement au-dessus de lui. Je trouvais très émoustillant de les espionner. Je sentais mon sexe s'ouvrir et l'humidité perler entre mes nymphes. J'ai eu envie de me caresser et j'ai saisi mon clitoris entre deux doigts. Au bout de quelques minutes, Claire a fait se coucher Karl sur le dos et l'a enjambé tête-bêche. Elle a pris la queue raide dans sa bouche et l'a sucée avec une dextérité toute sensuelle. Karl lui léchait le sexe tout en lui pelotant les fesses. Il me semblait voir qu'il cherchait à introduire son index dans l'anus de sa compagne mais je n'en suis pas sûre. Quoi qu'il en soit, leur plaisir se faisait de plus en plus ardent et, quand j'ai senti que Claire était sur le point de jouir, je me suis caressé le clitoris avec encore plus de ferveur pour l'accompagner dans l'orgasme.

Soudainement, elle s'est raidie, son visage s'est déformé et l'orgasme l'a gagnée. Elle gémissait de plaisir et je me mordais les lèvres pour étouffer mes propres cris de jouissance. C'était vraiment torride de les voir se donner autant de plaisir. Après cela, Claire s'est retournée pour faire face à Karl et, agenouillée au-dessus de lui, elle s'est empalée sur son sexe. Elle appuyait ses mains sur sa poitrine pour s'aider à faire coulisser en elle la bite dure de Karl.

Elle a commencé par se prendre lentement, puis de plus en plus vite au fur et à mesure que la jouissance les accaparait de nouveau. Aux grognements de Karl, j'ai compris qu'il était en train d'éjaculer. Claire a alors donné de forts coups de rein pour s'enfoncer la queue jusqu'à la garde et elle a réussi à jouir en même temps que son copain.

Moi, j'ai fini de me branler et je me suis endormie sans plus m'occuper de ce qu'ils faisaient. Depuis, j'attends avec impatience le jour où Karl reviendra...

– Denise

Après-midi entre femmes

Bientôt, nous avons été toutes les quatre nues. J'ai toujours la gorge un peu serrée à ce moment-là. Quelle émotion que de voir de superbes femmes nues autour de soi et de savoir qu'on va les aimer!

Je m'appelle Jocelyne et j'ai trente-six ans. Je suis mariée depuis huit ans mais je n'ai pas d'enfant. Mon mari est directeur dans une grande banque. Je n'ai pas besoin de travailler. Avec trois de mes amies, nous avons trouvé un moyen fort agréable de meubler nos après-midi. Une fois par semaine, nous nous retrouvons chez l'une ou chez l'autre. Nous commençons par prendre le thé, très sagement. Puis, petit à petit, les choses prennent une tournure moins conventionnelle. Nous nous retrouvons nues sur un lit et nous faisons l'amour. Avant de me marier, j'ai eu une vie sexuelle très intense. Grâce à mon ancien métier d'avocat, j'avais l'occasion de rencontrer du beau monde. À l'époque, tout le monde couchait à peu près avec tout le monde. J'ai participé à ma première partouze à vingt-deux ans. J'ai aussi été séduite par des dames qui avaient le double de mon âge. C'étaient des expertes et elles m'ont donné le goût des femmes. Lorsque je me suis mariée, j'ai décidé de mettre un frein à toutes ces débauches, mais je n'ai pas pu me priver longtemps du plaisir de coucher avec des filles.

Mercredi dernier, nous avons connu un après-midi délirant à mon domicile. Nous étions quatre, car Catherine était des nôtres. Lorsqu'elle participe à nos petites fêtes, c'est la promesse d'un plaisir intense. À vingt-trois ans, Catherine est vraiment une amante très ardente. Nous avons parlé de tout et de rien. Ensuite, c'est moi, la maîtresse de maison, qui ai invité mes amies à passer dans la chambre. J'ai pris Catherine par le bras pour l'entraîner. Derrière nous, Julie a pris le bras de Sylvie. Dans la chambre, nous nous sommes enlacées par couple. Catherine et moi avons échangé un long baiser. Elle sait vous fouiller les lèvres d'une langue si douce qu'elle vous électrise. Bientôt, nous avons été toutes les quatre nues. J'ai toujours la gorge un peu serrée à ce moment-là. Quelle émotion que de voir de superbes femmes nues autour de soi et de savoir qu'on va les aimer! Nous avons changé de partenaire. Pendant que je caressais Julie, Sylvie embrassait Catherine. Nous nous sommes retrouvées sur le lit. À genoux, toutes les quatre, nous avons fait la «ronde d'amour». Nous sommes en rond, hanche contre hanche. Nos quatre langues jouent à se frotter les unes aux autres dans un ballet sensuel.

Nos mains ne restent pas inactives. Nous nous caressons le dos, les fesses ou les poils du pubis. À partir de ce moment-là, le désir et la sensualité deviennent trop prenants pour que je puisse vous décrire avec exactitude quelles caresses, quels attouchements j'ai reçus ou j'ai donnés. Je sais que j'avais toujours un sein ou un sexe à ma portée. Avec délice, je pouvais les lécher, les sucer ou les caresser. Je sais qu'entre mes cuisses plusieurs langues s'affairaient tour à tour. Peu m'importait qui était qui, l'essentiel était le plaisir. Cependant, pendant une de nos pauses, Catherine nous a dit qu'elle avait une surprise pour nous. Elle a apporté son sac et en a sorti deux superbes godemichés à lanières. Nous en possédions déjà un, mais il était d'une taille ridicule par rapport à ceux-là. Je me suis portée volontaire, ainsi que Sylvie, pour les étrenner. Nous nous sommes harnachées. Avec ravissement, j'ai vu Catherine s'allonger sur le lit et écarter les cuisses. J'adore sa petite chatte rousse à la toison taillée. Elle a ouvert les bras pour m'appeler. Je me suis lentement enfoncée en elle. Nos bouches se sont jointes. Électrisée par ce baiser, je me suis mise à la pistonner. Sexuellement, je ne sentais rien, mais cérébralement, l'idée de posséder cette jeune fille si belle m'excitait incroyablement. Catherine a su trouver mon clitoris et, de temps en temps, elle me masturbait. C'est ainsi que nous avons pu jouir toutes les deux ensemble. Repues, nous avons regardé les deux autres qui faisaient encore l'amour.

Catherine m'a alors chuchoté à l'oreille: «Et si tu prenais Julie par-derrière?» Cette idée m'a parue excellente. Je me suis coulée vers mes deux amies et j'ai fait la proposition à Sylvie. Elle s'est alors couchée sur le dos, entraînant dans son mouvement Julie, toujours empalée sur la bite. Julie m'offrait la superbe vue de son fessier. Catherine a écarté les deux globes. D'une langue agile, elle s'est mise à lubrifier l'anus. Julie s'est laissé faire, devinant bien ce qui l'attendait. Quand enfin le sphincter a été tout à fait relâché, j'ai pu présenter le gland à l'entrée de son cul. C'est avec une extrême lenteur que je me suis enfoncée en elle. Le godemiché était plus gros qu'une queue normale et je ne voulais surtout pas abîmer une si belle créature.

Avec beaucoup de patience, j'ai fini par me retrouver presque entièrement en elle. C'est alors que, ensemble, Sylvie et moi, nous nous sommes mises à enfiler notre amie. Bientôt, elle nous a fait frémir par le cri de plaisir qu'elle a poussé. Elle a connu un orgasme foudroyant.

Voilà comment une dame BCBG meuble ses après-midi. Je n'ai bien sûr rien dit à mon mari. Je tiens à ce que ces petits moments restent mon jardin secret.

– Jocelyne

Le plaisir de la fellation

Je me suis rendu compte que le plaisir physique de se faire prendre était moins fort pour moi que le plaisir cérébral de faire jouir un homme dans ma bouche.

J'ai tout essayé en amour mais ce qui me donne le plus de plaisir, c'est de faire des fellations à mes amants. J'ai ce fantasme depuis l'âge de quinze ans. Les garçons parlaient vulgairement de taillage de pipe, mais moi je mourais d'envie de prendre une verge dans ma bouche, de faire gonfler ce petit bout de chair. La première nuit que j'ai passée avec un homme, je ne me suis pas laissé pénétrer mais je l'ai sucé plusieurs fois de suite. J'avalais son sperme chaque fois et il était ravi. Je ne savais pas encore que la plupart des femmes ne l'avalent pas. Je découvrais des sensations qui avaient excité mon imagination, la douceur de la peau quand le sperme s'apprête à gicler. J'étais trempée de désir et je frottais mes cuisses l'une contre l'autre pour faire monter mon plaisir. Plus tard, je me suis laissé pénétrer et j'ai été un peu déçue. Je me suis rendu compte que le plaisir physique de se faire prendre était moins fort pour moi que le plaisir cérébral de faire jouir un homme dans ma bouche. Il y a des verges que je préfère: par exemple, je n'aime pas les grosses molles au repos qui raidissent à moitié quand elles bandent. J'aime les petits bouts minuscules qui deviennent raides et tendus à la verticale. J'adore les prendre entre mes lèvres et les aspirer, les travailler avec la langue jusqu'à ce qu'ils doublent ou triplent de volume. En même temps, je masse les testicules, ou alors je masturbe l'homme selon ce qu'il préfère. Souvent, mes amants me traitent de salope ou de vicieuse alors qu'ils sont ivres de plaisir; ça ne me vexe pas du tout, au contraire, je le prends comme un compliment. Certaines nuits, il m'arrive de faire un rêve érotique complètement fou où je serais prisonnière d'une tribu africaine en pleine forêt vierge, et ils m'obligeraient tous à sucer leur énorme sexe pour sauver ma vie. Je me réveille haletante, moite de sueur et la main entre les cuisses. Ça peut paraître absurde raconté comme ça, mais je sais que tout le monde a des fantasmes secrets comme moi...

– Élise

Sexagénaires, mais passionnés!

❧

Il était debout sur le tabouret, débraguetté, le sexe un peu violacé.

❧

Nous sommes un couple dans la soixantaine et je peux vous dire que le lieu commun qui veut que la sexualité s'atténue avec l'âge ne s'applique pas à notre couple. Depuis une dizaine d'années, grâce aux choix de lieux insolites pour nos échanges amoureux, nous avons réussi à maintenir notre entente sexuelle à un excellent niveau. Il y a trois jours, je suis sortie en compagnie de mon mari pour aller acheter un maillot de bain. Nous nous sommes retrouvés dans une boutique dans une file d'attente composée uniquement de femmes, qui, les bras chargés de maillots, attendaient leur tour devant les cabines d'essayage. Mon mari m'a prise par le bras et nous sommes passés avec sérénité devant la gérante de la boutique, à l'allure plutôt revêche, qui refoulait plus ou moins aimablement les messieurs qui s'étaient trompés de côté.

Mon mari me tenait galamment le rideau ouvert pour que je puisse entrer dans une cabine qui venait de se libérer quand une jeune vendeuse s'est approchée d'un air contrit:

— C'est que, voyez-vous, monsieur, ces cabines sont réservées uniquement aux dames.

Mon mari lui a souri d'un air très compréhensif en répondant:

— Excusez-moi, mais ma femme est toujours hésitante dans ses choix. Enfin, puisque cela n'est pas permis...

Et il a dû avoir l'air si honnête, avec son attitude de grand-père conciliant, qu'elle nous a laissés entrer tous les deux dans la cabine en passant outre aux fameux règlements. La cabine était minuscule avec simplement une glace et un tabouret. Seul un petit rideau très court nous isolait du couloir où allaient et venaient les vendeuses, répondant aux appels des clientes. Je commençai mon essayage. Il faisait une chaleur suffocante encore alourdie par un mélange de parfum et de transpiration. J'apercevais les pieds de l'adolescente qui avait choisi la cabine en face de la nôtre. Mon mari s'était assis sur le tabouret et je faisais mes essayages sans me préoccuper de lui; j'agrafai le haut d'un maillot qui semblait me convenir et je me retournai pour lui demander son avis. Il était debout sur le tabouret, débraguetté, le sexe un peu violacé. À côté de nous, notre voisine poussait des soupirs de désappointement en se regardant dans la glace. Je m'approchai de lui. Ma bouche arrivait juste à sa hauteur. La position normale de mes pieds laisserait croire à la vendeuse de garde que je m'examinais longuement devant la glace.

Savoir que nous n'étions séparés que par la minceur d'un rideau d'une adolescente naïve et de clientes impatientes qui attendaient leur tour m'a rendue intrépide et terriblement excitée. J'ai pris goulûment son sexe dans ma bouche. Il est devenu immédiatement assez gros et à peine avais-je exercé quelques pressions avec mon palais qu'il a éjaculé avec une rapidité à laquelle je ne suis plus habituée. Mon mari s'est reboutonné et s'est rassis calmement sur le tabouret en attendant que je me rhabille.

Nous sommes partis après avoir réglé le maillot, suivis par le regard vaguement émue de notre vendeuse qui devait penser que nous formions un couple attendrissant. Quant à nous, nous avions réalisé un des nombreux fantasmes qui pimentent notre vie de retraités.

– Régina

Pute d'un soir

«On va où?» Il me prit de court. Je bre-douillai lamentablement: «À l'hôtel» – et j'entrai dans le premier qui se pré-senta. Il glissa quarante dollars au gé-rant qui lui tendit une clé. J'entendais l'homme dans mon dos, allais-je arriver à monter les deux étages?

Je suis très curieuse et j'ai toujours été très intriguée par la prostitution. Quel rapport pouvait bien s'établir entre le client et sa pute? Y avait-il du désir? Le plaisir était-il toujours à sens unique? Il m'arrivait souvent de me promener, particulièrement dans les alentours de la rue Saint-Laurent, pour observer les prostituées: bien sûr, certaines sont affreusement vul-gaires, mais plusieurs fois j'en ai vu qui m'ont semblé intimidées, novices presque.

Peu à peu je me suis persuadée qu'il s'agissait de femmes comme moi, qui venaient là pour assouvir quelque fantasme caché. Un matin, j'ai décidé de passer de l'exercice intellectuel auquel je me livrais à la pratique: moi aussi, j'allais essayer d'être une pute, au moins une fois dans ma vie. J'y ai pensé toute la journée. Le soir, je me suis dit qu'il ne fallait pas que je recule, sinon je le regretterais toute ma vie. Dans une excitation mêlée de crainte, le ventre serré, je me suis préparée. Tenue sage, mais jupe courte et porte-jarretelles. Le taxi m'a déposée rue Sainte-Catherine. À pied, j'ai commencé à faire du long en large dans la rue. Je n'avais pas fait cent mètres qu'une voiture ralentit à ma hauteur et par la glace baissée, le conducteur, un homme jeune, me demande: «Combien?» Je me mis à trembler et je bredouillai: «Vous faites erreur.» La voiture s'éloigna, je me traitai intérieurement de lâche.

Mais j'avais eu peur, d'autant plus que les vraies professionnelles que je croisais me dévisageaient d'une façon pas du tout sympathique. Mes jambes avaient du mal à assurer. J'allumai une autre cigarette. Un homme s'arrêta sur le trottoir et me demanda du feu. Je ne lui avais pas encore tendu mon briquet, qu'il me demanda: «Tu viens? Si tu ne me fais pas mettre de capote, je te donne cent dollars.» Le «d'accord» est sorti de ma bouche sans que je réfléchisse. J'étais extrêmement troublée. Déjà l'homme me demandait: «On va où?» Il me prit de court. Je bredouillai lamentablement: «À l'hôtel» – et j'entrai dans le premier qui se présenta. Il glissa quarante dollars au gérant qui lui tendit une clé. J'entendais l'homme dans mon dos, allais-je arriver à monter les deux étages? La porte s'ouvrit facilement sur une chambre d'hôtel classique et triste. Par réflexe, je coupai la lumière centrale et je branchai une petite lampe de chevet. Je n'avais pas bien vu l'homme dans la rue, je me retournai. Il était grand, ni beau ni laid, genre célibataire esseulé. Il me regarda, je baissai les yeux. Visiblement, il attendait que je commence. Moments d'angoisse intense, envie de fuir, de me blottir chez moi dans mon lit. Mais je pris mon courage à deux mains. Sans le regarder, je me déshabillai, ce qui provoqua chez lui un sifflement admiratif. Ça me fit du bien. Il était toujours debout, il m'observait. Se doutait-il que je n'étais qu'une débutante? Je me mis à trembler, je sentais que je n'irais pas plus loin, je ne voulais plus essayer.

Mais l'homme était là, il me regardait et attendait. Il me tendit cinq billets de vingt dollars. Je ne réagis pas, il était de plus en plus étonné et les posa sans rien dire sur la table de nuit. Maintenant, le voilà qui se déshabillait. Je voulais partir, mais je ne bougeais pas, j'étais pétrifiée, debout près du lit. Puis je retirai mes vêtements maladroitement. Je devais avoir l'air d'une folle. Que pensait-il? Je ne le saurai jamais. Son bras me saisit par la hanche, il m'attira sur le lit. Je fermai les yeux. Sur mon ventre, son sexe dur se frottait doucement. Il allait me violer. Quand son gland commença à me frotter les lèvres, j'étais détendue, immobile sur le lit. Je ne ressentis rien, je voulais maintenant qu'il en finisse au plus vite. Mes doigts mouillés saisirent sa lourde queue et lui montrèrent le chemin. Je le sentis qui me pénétrait sans à-coups. C'était déjà ça! Dans un réflexe, j'écartai un peu plus les jambes. Il me prit totalement. Son corps se rythma, et plus il bougeait, plus je me détendais. Je me serrais contre lui, ce qui semblait le stimuler. Sa queue était longue et venait buter au fond de mon vagin qui était maintenant humide. Je me réchauffais, le plaisir commençait à monter. J'avais honte: je n'allais quand même pas jouir si vite avec un homme que je ne connaissais pas! Mais il continuait, il me caressait les cuisses tandis que ses mouvements se faisaient plus rapides.

J'avais chaud. Je n'osais pas ouvrir les yeux. Me regardait-il? Sentait-il que j'allais jouir? Il sentait, c'est sûr. Il s'activait, il se remuait dans tous les sens, sa queue ne me quittait plus, elle glissait en moi, précise, rapide. Je n'en pouvais plus, j'avais envie de crier, de pleurer, j'avais envie de jouir. Il me défonçait à grands coups de reins, j'avais envie qu'il me prenne comme une salope, qu'il m'arrose sans crier gare. Mon corps se mettait à suivre le sien. Quand il se crispa, je me mordis les lèvres pour ne pas crier mais mon corps me trahit. Je coulais avec lui, mes cuisses étaient trempées. Je ne bougeais pas. Lui, déjà debout, se rhabillait, je l'entendis dans la pièce. Était-il heureux de ma prestation? Que me fallait-il faire maintenant? Il s'approcha, j'ouvris les yeux. Il me regarda longuement, se baissa et déposa un baiser délicat sur mon sexe chaud. En fermant la porte, il me lança: «Au revoir, j'espère que nous nous reverrons.» Alors, ça y est, j'étais une pute, une vraie! Les billets étaient là pour me le confirmer. Mais je n'avais pas envie de recommencer.

Que puis-je ajouter, sinon dire qu'aujourd'hui encore tout est confus dans ma tête, je ne sais plus où j'en suis. C'est un choc fabuleux, ça n'a rien à voir avec les expériences que j'ai vécues, et pourtant, certaines fois, les conditions n'étaient pas bien différentes, à part les billets. Je ne regrette pas mon expérience, mais je me dis maintenant que c'était drôlement risqué.

– Caroline

Leçon de plaisir

Martine continuait à se masturber avec le vibro et nos deux regards se rivèrent l'un dans l'autre. Elle se releva, s'approcha de moi et me dit: «Écarte bien tes jambes, ma chérie, je vais te le mettre et, si tu veux, tu continueras toute seule.»

J e m'appelle Myriam et je viens de fêter mon vingt-neuvième anniversaire. Dans la vie, je suis directrice de marketing dans une société informatique. Il y a quelques mois, je participais à un salon international à New York. J'avais fait le voyage avec une collègue, Martine, un peu plus jeune que moi, et qui est avocate. Contrairement à moi, Martine est célibataire et passe dans notre entreprise pour être de mœurs plutôt... légères. Certainement parce que la plupart de ses supérieurs lui ont fait comprendre que si elle voulait une belle carrière, il lui fallait passer dans leur lit, et qu'elle l'a fait...

Nous étions donc à New York, en plein mois de janvier, et nous avions réservé deux chambres à l'hôtel, une à côté de l'autre. Après le souper, nous montâmes dans sa chambre pour bavarder. Alors qu'elle prenait une douche dans la salle de bains, je lui demandai si elle avait des cigarettes. «Oui, regarde, il y a un paquet dans le tiroir de la table de nuit.» J'ouvris le tiroir. Les cigarettes étaient bien là, mais posées à côté d'un magnifique godemiché de plastique de couleur chair. À vingt-neuf ans, je n'avais jamais vu de près un tel instrument et je ne pus résister à la curiosité de l'empoigner et de sentir la texture de la matière. Il était en tout cas plus gros et plus ferme que la verge de mon mari et que celle des rares hommes que j'avais connus avant lui. «Je te le prête pour ce soir, si tu te sens un peu seule...» Martine était rentrée dans la chambre sans que je m'en aperçoive. Je me sentis gênée, ne sachant si je devais le garder entre mes mains ou vite le remettre dans le tiroir. Martine souriait. «Ne sois pas gênée comme cela, on dirait que tu n'as jamais vu un vibromasseur de ta vie.» Je ne pus que lui bredouiller qu'elle n'était pas très loin de la vérité. Voyant ma gêne, elle me demanda de le lui donner. Ce que je m'empressai de faire. «Je ne m'en sépare jamais, surtout lorsque je vais à l'extérieur du pays. Ici, les hommes sont plutôt distants, alors que ce genre d'engin, lui, ne se fatigue jamais...»

En me parlant, elle le caressait comme si elle caressait une verge. Elle s'assit sur le lit, rejeta ses longs cheveux blonds en arrière et se mit à déposer de petits baisers sur le gode. «Je vais te le prêter, ce soir. Tu pourras voir comme c'est bon. Mais avant, est-ce que tu permets que je m'en serve un peu?» Je lui bredouillai à nouveau que je n'y voyais aucun inconvénient et que si elle le voulait, je repasserais dans sa chambre plus tard.

«Non, reste près de moi. Je ne te toucherai pas, rassure-toi, j'aime beaucoup trop les hommes. Mais je voudrais te montrer comment utiliser au mieux les possibilités de mon petit ami...» En disant cela, elle écarta les pans de son peignoir et je pus admirer son corps un peu lourd. Elle commença par se caresser avec le vibro entre les seins, puis insensiblement descendit vers sa toison fournie. Elle s'attarda un long moment sur son clitoris et entre ses lèvres avec un mouvement d'avant en arrière. «C'est bon, oh oui! c'est doux... Il bande toujours bien.» J'étais comme fascinée par le spectacle qu'elle m'offrait, là, devant moi, à quelques centimètres de mes yeux, de mes mains, de mon sexe qui commençait à mouiller. Elle se jeta en arrière, écartant les cuisses et cambrant les reins.

Dans cette position offerte qui ne me cachait rien de son intimité, elle enfonça méthodiquement le vibro dans son vagin et entama un mouvement de va-et-vient de plus en plus rapide. Je ne pouvais détacher mon regard de ce morceau de plastique à la forme si familière qui rentrait et sortait du sexe de cette femme qui, quelques instants plus tôt, n'était qu'une simple collègue de travail. De sa main libre, elle caressait ses seins. Elle gémissait sur le lit, prononçait des mots obscènes: «Oui, regarde-moi, ça t'excite aussi, hein?» J'étais un peu choquée par la franchise de ses propos, mais je dois bien avouer qu'elle n'était pas loin de la réalité. Je me relevai du bord du lit où je m'étais assise et, m'appuyant contre le mur, je glissai ma main sous ma jupe, à la recherche de l'humidité dans mon petit slip de dentelle. Mes doigts partirent vagabonder, tantôt sur la dentelle, tantôt directement sur ma peau, puis je retirai ma culotte et enfonçai un premier doigt dans mon vagin,

qui en attendait plus... Martine continuait à se masturber avec le vibro et nos deux regards se rivèrent l'un
dans l'autre. Elle se releva, s'approcha de moi et me dit:
«Écarte bien tes jambes, ma chérie, je vais te le mettre
et, si tu veux, tu continueras toute seule.» Je relevai ma
jupe sur mes hanches et, m'appuyant sur le mur, je me
cambrai pour lui offrir mon sexe ouvert. Elle était nue
devant moi, belle et provocante, tenant le phallus artifi-
ciel entre ses longs doigts soignés. Je sentis le plastique
chaud et humide se poser entre mes cuisses et peu à
peu s'y introduire de plus en plus profondément. J'é-
cartais les jambes et tendais mon bassin à en perdre
l'équilibre. Je ne me souvenais pas d'une véritable pénétration plus jouissive. Martine commença un mouvement de va-et-vient, en me souriant. Je lui disais des
mots grossiers qui renforçaient encore mon excitation:
«Baise-moi, vas-y, prends-moi, oui, plus fort.» Mais,
volontairement, son mouvement était lent et peu profond. Je n'en pouvais plus de cette attente: je saisis le
gode et me l'enfonçai profondément, violemment.
J'éclatai littéralement du plus violent orgasme que j'aie
connu jusqu'alors. Martine me regardait, assise par
terre et aussi épuisée que moi. «Je te le prête pour ce
soir, si tu veux t'en servir toute seule. Je crois que maintenant tu sauras comment faire.»

Bien entendu, le lendemain, je rentrai dans le premier *sex-shop* que je vis et je revins à Montréal avec un
magnifique gode dans mon bagage à main.

— *Myriam*

Mes voisins de chambre

J'avais réellement l'impression de vivre la scène. J'entendais grincer le sommier du lit, haleter l'homme, j'écoutais avec une excitation croissante la fille en délire geindre de plaisir au rythme des coups de boutoir que lui donnait son amant.

Pour des raisons professionnelles, je dois fréquemment séjourner à l'extérieur. Après le dîner, à l'hôtel, il m'arrive souvent de me demander comment passer la soirée. On se lasse vite d'aller voir n'importe quel film au cinéma, simplement pour passer le temps, et je n'ai pas systématiquement envie de faire la tournée des bars à la recherche d'un partenaire d'une nuit. Cela m'est arrivé, mais je n'en ai pas gardé un très bon souvenir. Je suis donc, lors de ces déplacements, souvent seule; ce qui m'amène à me masturber régulièrement pour mon plus grand plaisir. La semaine dernière, je me suis rendue à Québec où mon entreprise m'avait réservé une chambre dans un hôtel. Elle était agréable, joliment décorée mais très sonore, ce que je pris d'abord pour un inconvénient. J'en cherchai la raison et m'aperçus que le placard n'avait pas été isolé de celui de la chambre contiguë. Ils n'étaient séparés que par un simple contreplaqué. Un oubli sans doute. Il me suffisait d'entrebâiller la porte pour entendre parfaitement ce qui se passait à côté. Mon premier mouvement fut d'appeler la réception pour protester et exiger d'être logée ailleurs, mais je changeai bientôt d'avis.

Mes voisins, qui jusqu'alors échangeaient des propos anodins, semblaient décidés à se livrer à des activités beaucoup plus intéressantes. Les soupirs que poussait la fille ne laissaient aucun doute. J'avais de la chance: c'était une bavarde. «Oui, lèche-moi comme ça... Enfonce ta langue dans ma chatte... C'est bon... Continue... Oh, oui, suce, suce-moi! Plus fort! Ah! continue, n'arrête pas, tu vas me faire jouir...» Elle entrecoupait ses commentaires de gémissements rauques. Je l'imaginais derrière la cloison, renversée sur le lit, les cuisses ouvertes, tandis que son compagnon, agenouillé devant elle, léchait son sexe offert. J'avais relevé ma robe, glissé une main entre mes jambes, et je me caressais à travers le tissu soyeux de ma culotte. Mais, très vite, cela ne me suffit pas. Il faut dire que ce qui parvenait de l'autre chambre n'était pas spécialement fait pour me calmer. «Je veux ta queue maintenant.. Mets-la-moi bien... Oui... jusqu'au fond... Vas-y! Baise-moi... baise-moi... Plus fort! C'est bon... Encore! Encore!»

J'avais réellement l'impression de vivre la scène. J'entendais grincer le sommier du lit, haleter l'homme, j'écoutais avec une excitation croissante la fille en délire geindre de plaisir au rythme des coups de boutoir que lui donnait son amant. J'avais fait glisser à mes pieds mon slip et je titillais mon clitoris en le faisant rouler sous mes doigts. Mais j'avais envie d'avoir, moi aussi, quelque chose dans mon sexe gonflé, ruisselant. J'aperçus, dépassant de ma valise ouverte, le goulot d'une bouteille de shampooing; je la saisis et m'en pénétrai. C'était la première fois que je m'en servais ainsi! Pourtant, sa forme évocatrice aurait dû m'y inciter plus tôt. De ma main demeurée libre, je pétrissais mes seins, et je pinçais avec délice leurs pointes durcies. Je sentais le plaisir monter peu à peu en moi, écartelée sur mon lit, les jambes relevées. Mon gode improvisé s'avérait d'ailleurs tout à fait efficace: je l'enfonçais à fond, le tournais, le faisais aller et venir à petits coups saccadés. Dans la pièce voisine, le couple se déchaînait. Soudain, j'entendis un véritable hurlement; la fille jouissait, avec une intensité qui me bouleversa. Puis, ce fut le tour de son partenaire.

Je l'imaginais, arc-bouté, tendu par l'orgasme. Je croyais voir gicler de sa verge de longs jets de sperme. Je poussai de toutes mes forces mon godemiché comme pour le faire entrer tout entier dans mon ventre. Je jouis à mon tour, en vagues successives qui me laissèrent toute tremblante. J'avais crié, moi aussi, et j'espérais qu'ils m'avaient entendue. Je crois d'ailleurs que ce fut le cas: le lendemain, en descendant prendre le petit déjeuner, je croisai mes voisins, qui rentraient dans leur chambre. Je me souviens encore de leur regard surpris quand ils ont constaté que j'étais seule. Ils ne s'étaient peut-être pas imaginé que je ne devais ce fantastique orgasme qu'à ma seule habileté!

– Audrey

Au bon endroit

J'ai enfin trouvé un lieu adéquat pour rencontrer des hommes sans pour autant rôder dans des endroits louches.

Je ne sais pas ce qu'il en est de vous, mesdames. Pour moi, la tâche est carrément devenue impossible. Je peux dire que je suis bien faite. Pas une once de cellulite sur les hanches, de jolis seins en forme de poire... Eh bien! malgré tout ça, je n'arrive pas à trouver chaussure à mon pied. J'ai bien essayé les boîtes de nuit, mais me faire baiser dans les toilettes ou me retrouver au petit matin avec un inconnu puant l'alcool, non merci. Mon problème s'est résolu par une inscription dans un centre de remise en forme. Cela faisait plusieurs semaines que j'échangeais des œillades appuyées et des sourires avec un Noir magnifiquement sculpté. Un soir que je passais devant le vestiaire des hommes, je l'entendis chantonner. Il était tard et seules ses affaires traînaient sur un banc. Je rentrai et enlevai mon short et mon maillot pour me diriger vers la douche d'où venait la voix.

Il ne parut pas surpris de me voir et se contenta de me sourire, l'air narquois. L'eau ruisselait sur son corps, faisant luire ses muscles et lui donnant l'aspect d'une statue d'ébène. Je m'approchai et j'attrapai à deux mains son sexe et ses testicules pendant que nos langues s'entortillaient au milieu des rigoles humides. Son pénis se mit à durcir au contact de mes doigts. Je m'agenouillai pour prendre son sexe dans ma bouche. Il était tellement gros que je renonçai à l'avaler et je me contentai de lui lécher le gland.

La pression de ses mains sur ma tête m'indiquait que son excitation était à son comble. Alors que je me relevais, il me bascula avec douceur et me poussa contre le carrelage du mur. Un peu déstabilisée, je m'appuyai machinalement contre les robinets en inox. Tout en introduisant son index dans ma vulve, il écarta mes jambes jusqu'à une position de grand écart. Ses deux mains s'agrippèrent à mes hanches pendant que son membre dilatait mon sexe fendu. Je sentis le contact simultané de ses abdominaux sur le haut de ma poitrine pendant que ses testicules battaient contre mes cuisses chaque fois qu'il me pilonnait. Enveloppée par la tiédeur du flot, j'étais dans un état second, presque en lévitation. J'ai enfin trouvé un lieu adéquat pour rencontrer des hommes sans pour autant rôder dans des endroits louches. Bref, l'honneur est sauf.

– Ginette

Sur le siège arrière

La main libre de mon partenaire du moment releva ma jupe et remonta sous ma culotte qui était déjà trempée. J'aimais la façon qu'il avait de me caresser le sexe. Je lui demandai de me déshabiller...

Nous avions pratiqué deux fois des jeux auxquels se livrent tous les couples échangistes, mais nous avons décidé d'aller un peu plus loin. C'est à ce moment-là que nous avons rencontré un couple travaillant pour l'aide internationale en Haïti. Ils passaient leurs vacances estivales au Québec chaque année. C'est en publiant une petite annonce dans un journal à la rubrique «Couple cherche couple» que nous les avions connus. Ils venaient en vacances et nous avions prévu de nous voir dans un chalet qu'ils avaient acheté dans les Laurentides.

Nos vacances arrivèrent et, comme nous l'avions convenu, nous sommes allés les rejoindre à leur chalet. Ils nous ont accueillis d'une manière très gentille; naturellement, la présence de nos enfants respectifs nous contraignait à une discrétion accrue. Dans le village le plus proche, il y avait un petit bar où nous avions décidé d'aller nous défouler un vendredi soir. Le bar était rempli de jeunes gens, nous étions sûrement les plus âgés de la salle. Nous nous sommes installés à une table où nous avons commandé un verre. Après avoir bu quelques gorgées, nous sommes allés rejoindre les danseurs sur la piste de danse; bien vite, je me rendis compte que le t-shirt très décolleté, et surtout sans rien dessous, de Michèle attirait nombre de regards qui semblaient amuser son mari. Louis, mon mari, savourait discrètement lui aussi ce spectacle. Mais nous fûmes très vite lassés de l'ambiance de ce bar et nous avons décidé d'un commun accord de rentrer. Luc s'assit à l'arrière à côté de moi pendant que mon mari prenait le volant avec Michèle à ses côtés. La voiture avait à peine parcouru quelques kilomètres que je me retrouvai dans les bras de Louis qui ne demandait pas mieux. Nous avions déjà fait l'expérience et je me laissais aller à mon excitation qui montait. La main de Louis se glissa sous mon chandail et il me caressa les seins; j'aimais beaucoup sa façon de faire ni trop douce ni trop dure...

La main libre de mon partenaire du moment releva ma jupe et remonta sous ma culotte qui était déjà trempée. J'aimais la façon qu'il avait de me caresser le sexe. Je lui demandai de me déshabiller tellement j'étais excitée. J'étais nue dans la voiture pendant que les phares des autos éclairaient la voiture, et je me demandais s'ils pouvaient me voir... Louis, tout en me caressant le clitoris, avait introduit deux doigts dans mon anus et, même si je n'appréciais pas beaucoup la sodomie, je me laissais pénétrer par deux doigts qui exploraient doucement cette partie intime.

Ce ne fut pas long avant que mon mari se rende compte qu'il se passait quelque chose à l'arrière; il prit donc un petit chemin qui nous amena tout près d'un lac. Je ne fis pas très attention à l'endroit où nous nous retrouvions, j'étais beaucoup plus intéressée par l'excitation qui montait en moi et que rien n'aurait pu calmer. Cela faisait déjà quelques minutes que la voiture était arrêtée lorsqu'une portière s'ouvrit; je levai les yeux et vit mon mari et Michèle complètement nus qui sortaient de la voiture. Michèle vint prendre appui sur la portière juste en face de moi, elle tendait sa croupe vers Louis qui la pénétra sans attendre. Leurs mouvements de va-et-vient faisaient se balancer les gros seins de Michèle. Louis m'occupait de ses doigts agiles et j'entendais les propos obscènes de Luc dont l'orgasme explosa bientôt dans un cri qui m'était familier. J'étais ouverte, le sexe trempé, et me laissais aller moi aussi à une première jouissance.

Je pris le temps de récupérer avant de rejoindre Louis qui s'était déshabillé à l'extérieur de la voiture. J'aurais apprécié qu'il me pénètre à l'instant, mais j'avais remarqué qu'il avait de la difficulté à garder son érection, je m'agenouillai donc devant lui pour le sucer. Luc et Michèle s'étaient rapprochés de nous et regardaient de près ce que nous faisions. J'étais alors accroupie lorsque je sentis une main que je reconnus aussitôt qui descendait le long de mon dos et qui se faufilait entre mes fesses pour me caresser la chatte. Je me relevai et Luc se colla contre moi, sa queue pénétrant mon sexe trempé. Louis se sentit excité par cette position nouvelle et se remit à bander; j'écartai les cuisses pour faciliter la pénétration de sa verge. Écrasée entre les deux, je savourais en plus les caresses de Michèle sur mes seins et mon clitoris. Malheureusement, Louis jouit trop vite et débanda. Je fis rapidement comprendre à Luc que je voulais sa queue plus profondément en moi. Il ne se fit pas prier, il me pénétra presque violemment. Michèle me soutenait tout en suçant mes seins et jouait avec une main sur mon clitoris. Mon orgasme fut extraordinaire, du genre qui nous laisse presque morte, et mon mari se soulagea aussi. Nous laissâmes sûrement quelques mouchoirs de papier au bord du lac. Cette soirée restera marquée dans ma mémoire comme une expérience des plus agréables.

– Denise

Essayage érotique

❧

Tout en m'habillant, elle prenait plaisir à me faire passer des frissons partout sur le corps. Elle m'a dit que j'étais excitante, je me suis sentie devenir toute rouge.

❧

J'ai trente et un ans et mon mari Serge gagne suffisamment pour me permettre de rester à la maison afin d'élever notre fille de six ans. Les journées sont parfois longues et une fois les tâches ménagères terminées, il m'arrive parfois de feuilleter des catalogues de vente par correspondance. À maintes reprises, je me suis attardée sur les pages des dessous féminins, porte-jarretelles, guêpières, strings et autres... plus je les feuilletais, et plus je fantasmais... Moi qui étais « collants », je fondais littéralement en m'imaginant dans ces tenues, à tel point qu'un jour je me suis masturbée dans les toilettes. Jamais je n'avais osé commander car je craignais trop la réaction de Serge. J'avais tellement peur qu'il me traite de ce que je ne suis pas! Mon obsession me travaillait tant qu'un jour, toute timide, j'ai décroché le téléphone et j'ai appelé Monique, la femme d'un collègue de mon mari qui habite tout à côté de chez moi. Je lui ai demandé si elle portait ce genre de dessous. Elle m'a dit que oui, qu'il fallait bien un peu de fantaisie et surtout que Jacques, son mari, adorait ça. J'étais un peu rassurée, mais lorsqu'elle m'a proposé de passer chez moi afin de me faire essayer quelques-uns de ses dessous, mon cœur s'est serré.

Quelques instants plus tard, on sonnait à la porte. À peine avions-nous eu le temps de nous faire la bise qu'elle m'a entraînée comme un ouragan vers la chambre. Elle a posé sur le lit un sac, d'où elle a tiré une multitude de dessous de toutes les couleurs. Devant mon étonnement, elle a éclaté de rire: «Allez, déshabille-toi.» D'habitude, je suis plutôt du genre pudique. Mais là, je ne sais pas pourquoi, je n'ai eu aucun mal à me mettre nue devant elle. Il faut dire que la perspective de me voir dans ces tenues un peu «putasses» m'excitait déjà. En un instant, j'avais laissé tomber jean, t-shirt et tout le reste. Dans mon dos, Monique me préparait un de ces ensembles dont, paraît-il, je lui dirais des nouvelles. J'étais toute «chose», mais je cachais si bien mon émotion qu'elle m'a rassurée d'un baiser sur la joue. J'étais nue, au garde-à-vous dans ma blondeur, serrant les cuisses pour dissimuler ma chatte que je sentais s'élargir. Monique, petite, blonde, mince dans une belle robe rouge, s'est approchée de moi: «Je vais t'aider!» Elle s'est mise à genoux pour me passer le porte-jarretelles, puis le string qu'elle a ajusté. Je me suis laissé habiller comme une petite fille par sa maman. Mais les frôlements de ses mains sur ma peau me faisaient frissonner. Elle s'en rendit compte: «Tu as l'air bien chatouilleuse, ma chérie.» Ce n'était pas les chatouilles que je craignais, mais bien ses mains qui se faisaient de plus en plus tendres, de plus en plus caressantes. Jamais, je peux vous le jurer, une femme m'avait touchée, et surtout je n'avais jamais eu envie de faire l'amour avec une femme. Pourtant, les mains de Monique m'excitaient énormément. Leur douceur, leur tendresse peut-être?

Tout en m'habillant, elle prenait plaisir à me faire passer des frissons partout sur le corps. Elle m'a dit que j'étais excitante, et je me suis sentie devenir toute rouge. Elle m'a poussée vers le lit, m'a fait asseoir sur le bord et s'est mise à genoux entre mes jambes écartées; elle m'a mise mes bas qu'elle a fixés sans omettre de toucher ma peau avec sa main. Elle a aussi déposé un baiser au creux de mes cuisses tout près de ma chatte qui me brûlait déjà. Elle camouflait ses émotions en me prenant par la main et en me plaçant devant le miroir. «Vois comme tu es belle!»

Enfin, je me suis regardée dans un magnifique ensemble de dentelle blanc qui faisait ressortir ma peau bronzée encore davantage. En plus de me trouver pas mal du tout, ça me faisait mouiller, j'avais l'impression que mon jus coulait le long de mes cuisses. Elle s'est placée à côté de moi en me prenant par les épaules. Je me sentais mal à l'aise, je lui ai demandé: «Et mon mari!»

Elle a ouvert sa garde-robe et a sorti une magnifique robe bleue, une paire de chaussures dorées avec des talons aiguilles et elle s'est serrée contre moi. Elle m'a embrassée sur la bouche, ses mains posées sur mes fesses, et a tiré sur mon porte-jarretelles par-dessus ma robe. J'étais là à me laisser faire car vraiment je me sentais pas mal du tout à me laisser caresser par une femme. C'était vraiment différent, mais j'aimais ça! Elle a relevé ma robe et passé sa main sur le bas de mon corps tandis que sa bouche descendait dans mon cou. Complètement abandonnée, je me laissais faire comme une poupée de chiffon. Lorsqu'elle m'a fait tomber sur le lit, je me suis étendue sur le dos, les jambes qui pendaient à demi écartées; j'avais envie de subir toutes les caresses qu'elle voudrait me donner. À l'extrême limite de mon excitation, elle a retiré sa robe et ses chaussures. Complètement nue, elle s'est jetée sur moi, m'a caressée, a relevé ma robe jusqu'aux épaules et m'a fouillée avec une passion merveilleuse.

J'étais tellement excitée, je me suis mise à gémir lorsque enfin sa bouche s'est arrêtée sur ma chatte qu'elle a sucée et léchée à travers le tissu de mon string. Je mouillais comme jamais je n'avais mouillé auparavant. Elle m'a traitée de tous les noms et plus elle en disait, plus, moi, je mouillais. Ses mains, sa bouche se promenaient sur tout mon corps et ses caresses me faisaient ressentir des choses que je n'avais encore jamais ressenties. J'ai joui sur ses mains une première fois, mais cet orgasme n'est rien comparé à celui que j'ai maintenant tous les jours. Car depuis, elle me rend visite tous les après-midi. Nous sommes toujours très excitées et je ne pourrais plus vivre autrement...

– Isabelle

Passion solitaire

J'ai continué tous les jours et de plus en plus souvent à regarder les catalogues tout en me masturbant – je découpe même les photos de celles que je préfère...

J'ai la chance, à trente-quatre ans, d'avoir un mari qui travaille et gagne bien sa vie, ce qui me permet de rester à la maison, et je vous jure que ça fait bien mon affaire même si, parfois, il m'arrive de trouver les journées longues et de m'ennuyer. J'ai beaucoup lu durant des années, mais maintenant je préfère les catalogues de grands magasins; malheureusement, il y en a beaucoup moins maintenant. J'adore plus particulièrement les pages de dessous féminins. Avec le temps, je ne sais pas pourquoi, j'aime de plus en plus regarder les porte-jarretelles, petites culottes et autres accessoires de lingerie. Je dis que je ne sais pas pourquoi, mais, pour être franche, j'ajouterai que c'est probablement parce que ça me fait fantasmer. À un point tel, d'ailleurs, que c'est presque une drogue pour moi...

Lorsque je n'ai pas grand-chose à faire, surtout après le déjeuner, quand mon mari vient tout juste de partir au travail, j'ouvre un de mes catalogues. Moi qui étais pourtant plutôt culottes de coton et soutien-gorge confortables, et pour qui la dentelle avait très peu d'attrait, je m'excite en m'imaginant dans ces tenues, au point qu'un jour je me suis caressée et masturbée sur mon lit. Je n'ai jamais osé commander par la poste, je crains trop la réaction de Michel, mon mari. J'ai peur qu'il me prenne pour une pute, quand je ne le suis pas. J'ai continué tous les jours et de plus en plus souvent à regarder les catalogues tout en me masturbant – je découpe même les photos que je préfère; j'en ai fait un album que j'ai caché dans la salle de lavage, où mon mari ne va jamais. Je me masturbe même lorsque mon mari regarde la télé; je le fais en cachette et cela m'excite encore plus.

C'est une obsession. Maintenant, chaque fois que je fais des courses, je m'arrange pour passer au rayon de la lingerie pour pouvoir rapporter encore d'autres photos, je me déshabille dès mon retour à la maison et je me masturbe. Il y a quelque temps, je me suis même offert un ensemble de dentelle noire vraiment très beau et je suis rentrée à la maison pour l'essayer. Je me suis déshabillée et, face au miroir, je l'ai essayé; vous ne pouvez imaginer ce que cela m'a fait de me voir dans ces dessous. D'une certaine façon, cela me fait sentir un peu putain sur les bords, mais... j'adore ça. Je me suis couchée sur mon lit, je regarde mon album et je me masturbe. Je fantasme de plus en plus sur des corps de femmes, des femmes qui me caressent, je me touche les seins, je les serre très fort, je glisse mes mains sous la dentelle de mes dessous. Je jouis encore plus fort lorsque je m'imagine que plusieurs autres femmes s'occupent de moi. Parfois, je rentre quelque chose au fond de mon vagin, je ne veux pas vous dire quoi car j'ai très honte, mais je peux vous dire que je jouis plusieurs fois en gémissant.

Pour l'anniversaire de mon mari, je me suis présentée devant lui avec mes dessous de dentelle noire ; il m'a semblé agréablement surpris et il m'a fait l'amour comme jamais depuis nos dix années de mariage. Mais mon album reste et restera toujours mon jardin secret à moi toute seule...

– Hélène

Vivre ses fantasmes

Il me jette sur le lit et il m'attache les mains et les pieds à des chaînes reliées au lit. Je crie mais il me dit de la fermer, qu'il va me faire jouir comme une folle. Je me débats...

J'ai trente ans et je suis mariée depuis quatre ans. Je trouve que mon mari est un salaud, mais je pense qu'il y en a plusieurs du même genre autour de chacune de nous. Nous avons toujours fait l'amour d'une manière douce et tendre, mais ce jour-là mon mari a agi en salaud. Ça fait plus d'un mois que cela est arrivé.

Je rentre du travail, et je trouve mon mari sur le divan du salon en robe de chambre en pleine excitation sexuelle. Ce n'est pas surprenant puisque cela lui arrive assez souvent. Il est en train de se masturber en regardant un magazine érotique. Je ressens même beaucoup de plaisir à le voir branler sa grande queue; souvent, il vient vers moi rapidement pour que je finisse le travail avec ma bouche, il jouit tout au fond de ma gorge, puis il me déshabille. Lorsque je suis complètement nue devant lui, il entre deux doigts dans ma chatte déjà humide. Ce soir-là, il me dit qu'il a une grande surprise pour moi, je le sens très excité. J'aime bien les surprises. Je le suis dans la chambre, il fait noir.

Tout à coup, il me jette sur le lit et il m'attache les mains et les pieds à des chaînes reliées au lit. Je crie mais il me dit de la fermer, qu'il va me faire jouir comme une folle. Je me débats, je voudrais bien me défaire de ces liens. Il me rentre un foulard dans la bouche, je ne peux plus rien dire. Il allume une lampe, je le vois à côté de moi avec sa queue toute bandée. Il prend un oreiller et le place sous mes fesses, en me disant qu'il m'avait bien dit qu'il le ferait un jour. Je m'agite, me tortille, mais plus je me débats, plus ça l'excite. Il me montre ce qu'il a acheté pour moi, un très gros godemiché et me dit qu'il va me l'enfoncer dans le sexe. Je me dis qu'il est devenu complètement fou et lorsqu'il vient me rejoindre sur le lit et qu'il se place entre mes jambes, il a le sourire aux lèvres. Sa main se pose sur ma chatte et il enfonce plusieurs doigts d'un seul coup.

J'étais surprise de voir que finalement ça m'excitait beaucoup puisque j'étais toute mouillée. Je le sens approcher le godemiché de mes cuisses et ça me fait un peu peur. Je crie sans qu'un seul son puisse sortir de ma bouche remplie par le foulard. Le salaud me l'enfonce d'un seul coup, brusquement; il l'enfonce le plus loin possible, le rentre et le ressort en me disant des mots vulgaires. Il continue encore à me branler avec cette énorme chose et ça commence à me faire du bien. Il se place à côté de moi et se caresse les couilles en frottant le bout de sa queue sur la pointe de mes seins. Je commence à trouver ça franchement bon. Ça m'excite très fort et je jouis tout d'un coup en serrant les cuisses. Au même instant, je reçois la décharge de sperme sur la figure, dans mes cheveux et tout ça me coule dans le cou. Mon mari se laisse tomber sur moi et m'enlève le foulard de la bouche, puis il me demande si j'ai aimé ça. C'est plus fort que moi, je me dois de dire que j'ai adoré.

Depuis ce temps, nous recommençons souvent le même jeu pour le plaisir de chacun de nous. Je vous conseille fortement de laisser vos fantasmes prendre le dessus, vous pourriez être surprise du résultat...

– Marie-Chantal

Mon esclave

Il me suivait à quatre pattes. Je me suis assise confortablement sur le bord du divan, et lui à genoux en face de moi. Je lui ai alors commandé de prendre mon pied avec ses deux mains. Il a commencé à le lécher doucement...

J'ai vingt-sept ans et je me nomme Lyne. Depuis plus d'un an, je travaille comme femme dominatrice par l'entremise d'une petite annonce que je place dans des journaux – ça me permet d'arrondir mes fins de mois et de m'offrir le luxe dont j'ai besoin. Mon tarif est plus élevé que la moyenne, mais je préfère avoir seulement de bons clients. Certaines séances se passent sans rapports sexuels, je crois fermement que la maîtresse ne doit pas se mettre au même niveau que l'esclave. Je suis spécialisée dans le fétichisme du pied, j'adore qu'on me lave les pieds, qu'on me les lèche, depuis le bout des orteils jusqu'à la cheville. Il est pourtant très rare de trouver des «esclaves» qui connaissent suffisamment la technique pour m'exciter. Je n'en ai pour le moment qu'un seul qui sait s'y prendre.

Tout cela a commencé un jour où un client m'a appelée pour prendre rendez-vous; il est arrivé à deux heures de l'après-midi, la séance ne devait durer qu'une heure et pourtant elle a duré plus de quatre heures. Par chance, je n'avais pas d'autres rendez-vous le même jour. Il a commencé par me laver les pieds tout doucement, puis il les a essuyés et les a embrassés avec beaucoup de passion. Il m'a remis mes chaussures et m'a conduite au salon en me précédant à quatre pattes. Je me suis assise confortablement sur le bord du divan, et lui à genoux en face de moi. Je lui ai alors commandé de prendre mon pied avec ses deux mains. Il a commencé à le lécher doucement, si parfaitement que je n'ai pas pu le punir avec le fouet. Tout à coup, j'ai ressenti des choses comme jamais auparavant. Je me laissais aller, pendant qu'il les prenait un après l'autre avec tellement de passion que je commençais à mouiller. Il me regardait tendrement, puis j'ai aperçu son sexe au garde-à-vous, ce qui m'a excitée encore plus. Je n'en pouvais plus. Bien que d'habitude, lors de mes séances, il n'y ait aucun rapport sexuel, j'ai senti que j'allais faire une exception pour lui. Malheureusement, il n'a pas voulu, même s'il sentait que mon excitation me rendait folle.

Je me suis laissée tomber sur le tapis, lui toujours à genoux, je l'ai couché par terre et ma chatte a englouti sa queue, j'ai levé une cuisse pour qu'il puisse continuer à me lécher le pied pendant qu'il me baisait. J'ai eu un orgasme merveilleux. Lui qui ne bougeait presque pas a aussi joui, je me sentais tellement bien. Je serai toujours là pour lui; même si un jour il arrivait chez moi sans un sou, je lui ouvrirais ma porte et ma chatte...

– *Lyne*

Le plaisir de le regarder

Quel instant magique que celui où le va-et-vient de la main sur le membre en érection me fait apparaître la vision d'un fruit prêt à éclater!

Ce que j'aime le plus, c'est de regarder un homme qui se masturbe. Il m'arrive parfois même de jouir en le voyant éjaculer. Peut-être est-ce le fait que lorsqu'un homme me fait l'amour, je ne peux voir de lui que son visage. J'aime pouvoir tout voir du corps de l'homme; c'est pourquoi je demande toujours à mon partenaire de se masturber devant moi, pendant que je le regarde. Les hommes que je rencontre ne veulent pas toujours, mais lorsque j'en trouve un qui accepte ma demande, j'en éprouve un profond plaisir.

Il y a quelque temps, je suis allée au théâtre avec Pierre, mon amant du moment. En revenant à la maison, nous nous sommes installés devant la télé, il y avait une émission style *talk-show* et un des invités était un acteur particulièrement *sexy*. Au bout d'un moment, je me sentais plutôt excitée. Je me suis donc collée contre Pierre et je lui ai demandé s'il voulait bien se masturber pour moi. Je me collai sur lui comme une chatte en chaleur, l'encourageant à se masturber. Je sentis bien qu'il avait d'autres idées en tête pour se satisfaire lorsqu'il me demanda de venir sur lui. Mais, tranquillement, il comprit que ma demande quelque peu fantaisiste était très importante dans ma vie sexuelle.

Quel instant magique que celui où le va-et-vient de la main sur le membre en érection me fait apparaître la vision d'un fruit prêt à éclater! Mon excitation se fit par la suite plus intense lorsque je me rendis compte que Pierre prenait un plaisir certain à se faire jouir seul en sachant fort bien que, pour moi, le spectacle était très excitant. Je me sentais mouiller de plus en plus.

Il retira son slip et commença à malaxer ses couilles dans sa main. Au début, plutôt molles et foncées, elles devenaient peu à peu beaucoup plus claires et dures. Je ne pus m'empêcher de me caresser aussi, mais très doucement; il se servait d'un doigt pour jouer avec sa peau qu'il pinçait parfois. Dans sa main, il prenait son membre avec beaucoup de doigté et il reprenait le va-et-vient. Je sentais tout au fond de moi le plaisir m'envahir.

Il portait souvent la main qui caressait ses couilles à sa bouche; il mit tous ses doigts dans sa bouche et alors commença un ballet des plus érotiques entre ses doigts et sa langue. Puis, il recommença à se caresser les couilles avec ses doigts mouillés. Sa langue était toujours en mouvement et l'échange se faisait rapidement entre ses mains. Tout doucement, il arriva à s'envoyer en l'air tout en guidant habilement un doigt sur son gland brillant où commençait à couler quelques gouttes d'extase. Il rejetait sa tête en arrière alors que son ventre s'emballait follement. L'aller-retour du gland et du prépuce se faisait plus lent et alors qu'une grande chaleur s'emparait de mon corps, je finis par exploser à n'en plus finir.

Par la suite, de sa queue plus grande que nature jaillit par longues saccades le sperme que j'avalai avec gourmandise. C'était vraiment la première fois que je voyais Pierre bander autant. J'étais certaine que la raison pour laquelle il avait autant joui, c'est qu'il venait de découvrir un plaisir qu'il n'avait jamais expérimenté auparavant et qu'en plus il se l'était donné tout seul. Je me penchai une fois de plus vers lui pour terminer d'avaler son sperme. J'embrassai avec beaucoup de passion son membre, tout en promenant mes lèvres et ma langue partout, en insistant avec ma langue sur le bout du gland. C'est seulement à ce moment-là que très lentement il me remonta vers lui en m'embrassant passionnément; avec sa main habile, il guida sa verge et me pénétra. Le rythme n'était jamais le même et c'est lui qui l'imposait. Alors, nous avons joui ensemble avec une intensité comme je n'en avais jamais ressentie.

Cela confirmait vraiment ce que je croyais depuis très longtemps: la masturbation est un excellent préambule à l'amour en plus d'être un merveilleux plaisir.

– Micheline

Quel frisson!

Je fus surprise de voir qu'il ne chercha pas à enlever son bras malgré la douleur que je lui infligeais par pur plaisir de faire mal; j'enfonçai encore davantage mes ongles dans son bras immobile. Il ne bougea pas, tout en continuant de fixer ma main...

Depuis longtemps, un de mes collègues de travail m'agaçait: il me regardait toujours, mais il n'avait jamais rien tenté pour me séduire, ni sous-entendus ni coup d'œil qui en dit long... Rien, sinon peut-être ce regard toujours fixé sur moi et sur mes mains en particulier. Cela me mettait mal à l'aise et je ne saisissais pas où il voulait en venir! Pourtant, un matin, lors d'une rencontre pour la préparation d'un nouveau projet, je m'assis juste à côté de lui. Je prenais des notes en faisant bien attention de laisser mes mains bien en vue sur la table, pour le provoquer, et immanquablement son regard se portait toujours sur elles...

C'était une journée très chaude et il portait un t-shirt. Je sentais monter en moi un désir fou de planter mes longs ongles dans ce bras à ma portée. J'ai profité d'un arrêt de la réunion pour lui demander, plutôt brusquement, ce qu'il avait à regarder fixement mes mains. Cette sortie directe le fit rougir et le laissa sans voix. Profitant de mon avantage, je posai ma main directement sur son bras en y enfonçant profondément mes ongles et en lui disant tout bas que j'en avais marre de me faire regarder de cette façon. Je fus surprise de voir qu'il ne chercha pas à enlever son bras malgré la douleur que je lui infligeais par pur plaisir de faire mal; j'enfonçai encore davantage mes ongles dans son bras immobile. Il ne bougea pas, tout en continuant de fixer ma main... Je voulais absolument qu'il abdique et je rentrais mes ongles encore plus profondément. Toujours rien. Malgré mes ongles longs et durs, je fus obligée de laisser Marc-André pour ne pas nous faire remarquer par les autres. Je me sentais en colère et frustrée, malgré les quatre marques rouges que mes ongles lui avaient laissées. Son bras n'avait aucunement changé de place, il était toujours sur la table bien à plat. Cette réaction excitait un peu plus mes envies «sadiques», mais je n'osais plus recommencer.

Je voulais avoir le dernier mot et en finir avec lui une fois pour toutes; je me penchai et lui dis à l'oreille d'une façon plutôt méchante: «Ça n'est peut-être pas là que j'aurais dû le faire... Vous auriez sûrement réagi davantage!» Il me regarda avec un sourire et ne répondit rien. Mais il porta son bras à sa bouche en embrassant les marques rouges que mes ongles lui avaient laissées. J'étais vraiment surprise par une telle réaction. À la fin de la réunion, notre équipe fut invitée à dîner au restaurant par le patron. Je venais tout juste de m'asseoir lorsqu'il choisit la place tout à côté de moi.

Le restaurant était plein et le service plutôt lent. La chaleur lui fit enlever son veston et, malgré moi, je ne pus m'empêcher de regarder l'endroit où mes ongles s'étaient enfoncés dans son bras. J'en ressentis un délicieux frisson! Il se pencha vers moi et me mit au défi de réaliser la menace que je lui avais faite un peu plus tôt, insistant sur le fait que la longue nappe cacherait parfaitement mes gestes sous la table. Je me sentais prise au piège, en même temps que j'avais très envie de relever le défi, j'avais aussi peur qu'on me surprenne au milieu de ce repas d'affaires.

Il n'arrêtait pas de bouger sur sa chaise, puis il se rapprocha en faisant semblant de rien et me dit que lui était prêt. Il prit ma main sans me laisser le temps de réagir, la glissa sous la table et la posa sur son membre tendu. Je la retirai aussitôt, rouge de gêne. Ses yeux me disaient qu'il avait gagné... Il m'avait bien eue; un long moment passa avant que je prenne la décision d'agir. Le défiant du regard, je laissai aller ma main le plus naturellement du monde, en le prévenant de faire attention à lui... Il comprit rapidement où je voulais en venir. Je glissai très discrètement ma main sous la nappe, m'assurant que personne n'avait rien vu et m'emparai de son sexe dressé et dur en y enfonçant mes ongles toujours plus profondément. Je me sentis mouiller entre les cuisses tout en continuant à enfoncer toujours plus fort mes ongles dans cette chair tendre; la possibilité qu'on me découvre à n'importe quel moment accentuait ma sensation de plaisir. Malheureusement, très vite, il posa sa main sur mon bras pour me dire qu'il avait atteint ses limites. J'abandonnai son sexe, en sentant que mon défi était relevé.

Je ne pus m'empêcher de lui offrir une revanche. Cette queue si près de moi et au milieu de tout le monde m'excitait trop. En attendant un signe de lui, je jouais avec mes ongles rouges sur la table pour le tenter davantage... Soudain, lorsque je ne m'y attendais plus, il me fit signe de la tête et aussitôt je remis ma main sous la table. Avec beaucoup de joie, mes ongles griffèrent cette peau tendre et dure à la fois, il ne put résister à mon geste. C'est alors qu'il me fit signe d'arrêter; je relâchai mon étreinte, mais, sans retirer ma main, j'entrepris un mouvement de va-et-vient, ma prise étant assurée par mes ongles. Je le regardais tout en ayant une conversation avec un de mes collègues assis en face de moi. Je ne ralentis aucunement mon va-et-vient, en serrant de plus en plus fort jusqu'à l'explosion. La conversation continuait, ma main sortit du dessous de la table. À la fin du dîner, lorsque tout le monde se leva, je lui fis remarquer la tache sur son pantalon et je lui dis qu'il devrait dorénavant faire attention à la propreté de ses vêtements...

– Sophie

Mon premier jouet

Elle le posa sur mes seins dont les bouts devinrent instantanément durs, provoquant des sensations inconnues jusqu'alors. Je lui pris la main et la poussai vers mon bas-ventre.

Depuis ma plus tendre enfance, j'ai toujours aimé me caresser, je ne me souviens pas à quel âge j'ai commencé tellement il y a longtemps. J'ai quand même des partenaires à l'occasion, mais je ne suis pas une fanatique de la pénétration. J'aime toucher, caresser, sucer une belle queue de temps à autre, mais je préfère mon sexe; j'aime soumettre mon corps à de longues séances perverses. Bien sûr, comme vous l'aurez sûrement deviné, celui des autres femmes aussi. J'ai découvert récemment un gadget qui a énormément augmenté mon plaisir de tous les jours.

Une amie m'offrit un jour, pour mon anniversaire, mon premier godemiché. En arrivant chez moi, ce jour-là, elle était toute contente avec son paquet à la main. Elle me l'offrit et je le déballai. Elle se dandinait devant moi dans sa robe courte comme une enfant gênée. Elle me dit qu'il n'était pas trop gros et que je pourrais même le mettre dans mon sac à main, mais qu'il fallait que je lui trouve une autre place aussi... Je fis quelque peu l'innocente et lui demandai de me montrer où. Je dois dire qu'elle s'empressa de le faire sans se faire prier.

Elle m'attira vers elle, sa bouche était d'une douceur et d'une chaleur irréelle. Après quelques baisers brûlants, je me retrouvai nue sur le tapis. Nadine avait gardé sa culotte, et son petit cul tout rond se trémoussait près de mon visage. D'un geste vif, je lui rentrai sa culotte dans la raie des fesses, elle mouillait déjà beaucoup ; il n'y a rien qui m'excite davantage qu'une chatte toute trempée ; j'aime cette odeur de femme, qui me fait mouiller aussi. Je ne pouvais plus résister, et je la suppliai de me sucer.

Elle me répondit sèchement qu'il n'en était pas question et elle mit son cadeau en marche. Elle le posa sur mes seins dont les bouts devinrent instantanément durs, provoquant des sensations inconnues jusqu'alors. Je lui pris la main et la poussai vers mon bas-ventre. J'écartais toutes grandes mes cuisses puis mes lèvres, j'avais une envie folle de sentir les vibrations sur mon clitoris – et je vous jure qu'elles ne se firent pas attendre longtemps. Une vague énorme de plaisir s'empara de moi lorsque l'engin se posa sur mon sexe écarté. Nadine semblait avoir l'expérience du vibromasseur, car elle le plongea rapidement dans mon vagin trempé. Elle a ensuite mouillé mon anus dans lequel elle enfonça son majeur en entier, puis caressa mon clitoris. Je restais sans rien faire, je fouillais de mes doigts sa chatte trempée, tout en regrettant de ne pas avoir moi aussi un vibromasseur pour la sodomiser, tout en la suçant. Je connus cette nuit-là une quantité d'orgasmes innombrable, ce que je n'avais jamais connu auparavant.

À partir de ce jour, j'ai commencé à collectionner tous les godemichés que je peux trouver. J'en possède à peu près de toutes les grosseurs et longueurs, j'en ai même quelques-uns avec des ceintures qui me permettent de pénétrer ou de sodomiser mes partenaires. C'est vraiment toute une sensation de faire jouir une autre femme avec un pénis qui, en plus, ne ramollit jamais. Ce que je préfère, ce sont les vibromasseurs électriques. Parfois, me masturber peut durer de nombreuses heures. Je travaille dans un endroit très bruyant, une manufacture de couture; je dois circuler dans toute l'usine pour mon travail et les bruits ambiants couvrent tous les sons de mes vibromasseurs électriques. Je pars souvent au travail avec un godemiché enfoncé dans mon vagin; le bruit des machines à coudre couvrant amplement celui de mon amant secret, j'ai connu de cette façon des journées merveilleuses.

Plusieurs de mes collègues de travail trouvent que j'ai l'air épanouie et heureuse. Le seul problème, à dire vrai, c'est ma consommation de piles longue durée et la sensation d'humidité que je dois conserver toute la journée, mais cela ajoute à mon plaisir.

J'espère que cela vous donnera l'envie d'essayer les vibromasseurs. Pour moi, ce fut une découverte sexuelle des plus importantes.

– Doris

Je l'aime

Avec un godemiché, je pénétrais Marie-Josée du vagin à l'anus, elle me suçait les seins et me branlait le clitoris; je suçais Denis et je me faisais enculer par mon mari.

Depuis longtemps, j'avais envie de raconter une chose qui m'est arrivée et qui a complètement changé ma vie sexuelle. J'ai trente-six ans, je suis une femme mariée avec Louis-Philippe que j'aime et nous avons deux enfants. Notre entourage trouve que nous formons un couple des plus assortis. J'aime beaucoup sentir la queue dure de mon mari pénétrer en moi, je suis sensuelle, et je peux dire que j'aime faire l'amour; mais j'aime aussi les femmes qui, avec de simples caresses, arrivent à me faire jouir merveilleusement. Donc, je crois être une femme très ouverte, mais il y a quelque chose que je refusais à mon mari depuis très longtemps: c'est la sodomie, que je trouvais contre nature et dégoûtant. Il y a un an, nous avons rencontré un jeune couple vraiment sympathique avec qui nous nous sommes... très liés d'amitié. Marie-Josée, une jolie brune avec des yeux d'un vert très clair, des seins gros et fermes et des fesses des plus tentantes, une vraie femme; et Denis, son mari, du type plein air et sportif, très sûr de lui.

Un soir où nous soupions dans un chic restaurant du centre-ville, le sujet de la sexualité fit surface; après quelques verres de vin, nos langues se délièrent et j'avouai mon dégoût pour la sodomie, ce qui entraîna rapidement de vives protestations de la part de nos amis. Lors de notre retour, nous avions pris une seule voiture, et je m'assis en arrière avec Marie-Josée pendant que les hommes étaient à l'avant. Je sentis qu'elle se rapprochait de moi, et elle me donna un baiser dans le cou qui me fit frissonner. Puis, elle m'embrassa fougueusement sur les lèvres, sa main caressa mes seins, ce qui en fit dresser les pointes. Sa main descendit entre mes cuisses et je ne pus faire autrement que de les écarter pour lui permettre d'aller plus loin. J'avais détaché sa robe et je prenais ses gros seins dans mes mains pour la première fois. Elle jouait avec mon clitoris par-dessus ma culotte, mais je sentais que j'allais rapidement exploser de plaisir. De son autre main, elle se masturbait en même temps et nos orgasmes se mêlèrent dans un baiser brûlant.

Je sentais que j'aillais vivre une expérience extraordinaire, cette nuit-là. Louis-Philippe arrêta la voiture devant chez nous et invita gentiment nos amis à entrer prendre un dernier verre. Tout au fond de moi, je savais qu'il n'y aurait pas qu'un seul verre et que nous allions faire de nouvelles découvertes...

Louis-Philippe servit les verres et tamisa la lumière, avec pour toile de fond une musique de jazz langoureux. Marie-Josée et moi, nous étions vraiment très excitées, nous décidâmes de faire un *strip-tease* à nos maris. Le déshabillage était entrecoupé de baisers, de caresses et de mots gentils. Nous avons dansé pour eux, et nos hommes étaient très excités par leurs femmes qui dansaient pour eux en petite tenue, se frottant les seins l'une contre l'autre. Quand ils n'en purent plus, l'un d'eux, Denis, sortit sa queue et mon mari l'imita sans attendre. Nous nous mîmes à genoux pour sucer nos hommes respectifs; je regardais avec beaucoup d'intérêt Marie-Josée engloutir la queue de son mari. Ça ne prit pas de temps pour que tout le monde soit complètement nu et nous nous retrouvâmes à quatre sur le tapis. J'étais allongée sur le dos lorsque Marie-Josée pris l'entière possession de mon corps, sa bouche croquait gentiment le bout de mes seins; ma chatte toute grande offerte lui permit de prendre mon clitoris entre ses doigts pour me masturber. Denis approcha de ma bouche son gland que j'avalai aussitôt.

C'était la première fois depuis mon mariage que je suçais une queue autre que celle de mon mari. Louis-Philippe se présenta derrière Marie-Josée et la pénétra sans attendre. Je me sentais devenir complètement folle; Marie-Josée massait mon clitoris avec son pouce et se faisait un chemin dans mon anus avec son majeur. Je mouillais tellement qu'elle n'eut aucun problème pour y entrer et je commençais même à ressentir une excitation grandissante à ce va-et-vient dans mon anus. J'entendis alors Marie-Josée dire à mon mari qu'il pouvait m'enculer. Lorsque la queue de mon mari me pénétra l'anus, je crus mourir; je sentais ce gros sexe s'introduire dans mes entrailles et pour la première fois de toute ma vie je me sentis complètement pénétrée.

Mon orgasme fut si grand que j'ai pensé m'évanouir. Avec un godemiché, je pénétrais Marie-Josée du vagin à l'anus, elle me suçait les seins et me branlait le clitoris; je suçais Denis et je me faisais enculer par mon mari. Ma jouissance fut longue et totale pendant que le sperme de Denis m'emplissait la bouche. La nuit fut remplie d'orgasmes pour tout le monde. Je fus prise en même temps par Denis et Louis-Philippe pendant que je léchais la chatte de Marie-Josée.

Je peux vous dire que maintenant, avec mon mari, nous avons une vie sexuelle plus épanouie que jamais. Je lui reste fidèle, pourquoi aller chercher ailleurs ce que je trouve parfaitement avec lui? La sodomie est devenue pour moi une partie essentielle de ma sexualité; j'ai malheureusement perdu plusieurs années de plaisir, par peur et par dégoût.

Nous avons encore parfois des expériences avec d'autres personnes, ce qui nous permet de nous défouler complètement. Nous réalisons tous nos fantasmes et je n'ai jamais été aussi follement amoureuse de mon mari. Ma tête est sans cesse remplie de nouvelles expériences que je veux réaliser avec la complicité de mon mari qui, lui, ne demande pas mieux.

– Marie

Fenêtre sur coït

Leur excitation semblait tellement violente que le seul fait de voir ce couple faire l'amour, même de loin, j'en ressentis une grande chaleur entre mes jambes.

Je me suis foulé une cheville tout simplement en faisant mon jogging près de la montagne. C'était au mois d'octobre, j'eus donc droit à quelques semaines de repos forcé à la maison. J'étais quasi prisonnière de mon appartement – j'habite au neuvième étage dans un édifice à appartements du centre-ville. Les journées étaient plutôt longues et je passais le plus clair de mon temps à flâner sur le petit balcon quand la température le permettait, je lisais ou je réfléchissais. Mais ces vacances forcées m'ont permis de vivre une nouvelle expérience des plus intéressantes.

Je promenais mon regard sur les immeubles qui m'entouraient, je regardais en quelque sorte vivre mes voisins. J'avais déjà aperçu une jolie voisine, toute mignonne, qui se promenait en petite tenue dans son appartement qui était situé en face du mien. Même si je ne suis pas homosexuelle, je la trouvais très jolie, en plus c'était une façon de passer le temps pour moi qui m'ennuyais.

Un jour, alors que je regardais à une de ses fenêtres pour voir si elle m'offrait un «spectacle» en ce bel après-midi, elle était habillée, mais je la vis aller vers la porte d'entrée; j'avais hâte de voir qui lui rendait visite. La porte s'ouvrit sur un très bel homme, grand, les tempes grisonnantes; il avait les bras chargés de valises, comme s'il revenait de voyage. Il n'a pas eu le temps d'entrer et de déposer ses bagages que déjà elle se jetait dans ses bras pour un long baiser des plus passionnés.

Elle resta collée à lui, elle enroula ses jambes autour de sa taille. Il est facile de penser que cela fait très longtemps qu'ils ne s'étaient pas vus. Leurs retrouvailles captaient mon attention, bien sûr!

En peu de temps, elle avait déjà la main sous sa chemise entrouverte pour caresser son torse; quant à lui, il avait retroussé sa jupe courte et très serrée pour lui masser les fesses. Ils se déshabillaient de façon rapide, les vêtements retombaient sur le tapis de son salon, chemise, robe, soutien-gorge, tout y passait. Elle avait une poitrine assez forte qu'il semblait prendre beaucoup de plaisir à caresser. Elle touchait ses bras, ses épaules tout en l'embrassant. Elle a ensuite reposé ses pieds par terre pour défaire son pantalon et prendre dans sa main une queue dont l'érection ne faisait aucun doute même d'où j'étais, puis elle a commencé à le masturber tout doucement. Il en a profité pour faire glisser sa petite culotte tandis qu'elle enlevait ses chaussures. Elle était maintenant complètement nue entre ses bras, il la touchait partout à la fois avec beaucoup de passion.

Leur excitation semblait tellement violente que le seul fait de voir ce couple faire l'amour, même de loin, j'en ressentis une grande chaleur entre mes jambes. Je ne pus me retenir de faire glisser à mon tour mon short et ma petite culotte pour me toucher, me caresser; j'étais d'ailleurs déjà toute mouillée. Elle s'est un peu éloignée de lui pour lui retirer son slip et pour mettre sa queue dans sa bouche, et rien que cela a fait monter davantage ma jouissance.

Elle s'est mise à genoux devant lui pour lui enlever ses chaussures, elle en a profité pour reprendre sa queue dans sa bouche et elle s'est mise à le sucer sérieusement. Je le voyais se cambrer; son membre s'enfonçait au complet entre ses lèvres et ressortait. Elle en léchait alors le bout du gland puis le reprenait, le long sexe encore plus loin dans sa gorge.

Enfin, elle s'est redressée et il l'a alors plaquée sur le mur, a relevé ses jambes autour de sa taille et l'a pénétrée brutalement en la soulevant par les fesses. Au même moment, j'ai joui comme une folle. Des cris m'ont échappé, peut-être ont-ils été entendus par mes voisins. Il l'enfilait avec beaucoup d'entrain, ce qu'elle semblait follement aimer à voir son visage qui se contorsionnait. Elle avait ses seins bien en main et elle les massait l'un contre l'autre. Moi, durant ce temps, je remettais ça encore une fois pour réussir à jouir une autre fois en même temps qu'eux. Enfin, je les ai vus se raidir afin d'accroître la puissance de leur coït. Ils jouissaient ensemble et cela déclencha en moi mon second orgasme, encore plus fort, comme je l'avais espéré. J'étais surprise d'avoir éprouvé autant de jouissance en les regardant. Eux restaient collés l'un à l'autre pendant que moi aussi je reprenais mon souffle. Hélas! elle l'a ensuite amené dans sa chambre, mais les rideaux étaient fermés et je ne pouvais plus rien voir.

Durant tout le reste de la semaine, j'ai cherché à les revoir mais je crois qu'ils faisaient plus attention, peut-être m'avaient-ils aperçue. Ce fut pour moi une expérience inoubliable qui m'a permis de passer un très bel après-midi. Je peux vous dire que si l'occasion se présente de nouveau, je n'hésiterai pas un seul instant.

– Michèle

M... comme missionnaire!

J'ai pourtant tout essayé, j'ai même tâté du sadomasochisme pour être bien certaine que je ne manquais rien. Mais j'en reviens toujours à ma bonne vieille position du missionnaire.

Je ne voudrais pas vous sembler niaise, mais moi j'aime toujours la position du missionnaire. Je ne veux pas battre des records ni découvrir de positions complètement infaisables. J'ai pourtant tout essayé, j'ai même tâté du sadomasochisme pour être bien certaine que je ne manquais rien. Mais j'en reviens toujours à ma bonne vieille position du missionnaire. Il ne faut pas croire qu'avec mon partenaire je m'ennuie, que non! J'aime quand l'amour est une bonne partie de jambes en l'air.

J'aime bien que l'homme avec qui je suis mette toutes les énergies nécessaires pour me faire jouir par mille caresses plutôt qu'avec des accessoires dits érotiques, comme les godemichés, les fouets et autres gadgets. J'adore les caresses, j'aime sucer et me faire sucer, coller mes seins sur une poitrine velue et qu'une grosse main caresse mes rondeurs sans me donner une fessée.

Mon dernier amant est merveilleux. Je ne sais pas où il a appris à faire un cunnilingus, mais sa bouche est comme une ventouse; dès que ses lèvres approchent mon clitoris, il m'envoie au ciel en un rien de temps. Il a un vocabulaire coloré qui m'excite énormément et quand il me prend sans façon pour me pénétrer, qu'il va me défoncer la chatte, j'en perds tous mes moyens. Je suis contente de mon sort. J'adore être sur le dos les deux jambes en l'air bien écartées tandis qu'il s'acharne à m'enfiler – dans cette position, il me raconte plein d'histoires plutôt salaces qui ont le don de m'exciter jusqu'à l'orgasme. Il a une façon bien à lui, il s'enfonce complètement, reste tout au fond de mon sexe et frotte son pubis contre le mien, je vous garantis que l'effet est magique. Je ne sais pas si beaucoup d'hommes ont la même méthode; moi, j'ai plus de quarante ans et c'est la première fois que je rencontre quelqu'un comme lui, et j'adore ça. Lorsque je suis tout près de jouir, j'enroule mes jambes autour de sa taille et je le serre très fort et Charles se serre tout contre moi. Le fait de sentir tout son poids sur moi double mon orgasme.

Si vous êtes lasse de vivre des expériences et des fantasmes, de courir les accessoires, je vous conseille fortement de revenir tout bonnement à la position du missionnaire qui, selon moi, reste encore la meilleure!

– Renée

Une petite pute

⁓⋄⁓

Mon amant s'allongea sur mon lit et la fit monter sur lui; il lui ordonna de continuer à le sucer et lui fit de même avec sa chatte. Moi, je me caressais sans même écarter ma petite culotte.

⁓⋄⁓

Je vais vous raconter une aventure qui m'est arrivée il y a quelques mois. Mon amant, Martin, avait ramené chez moi une jeune blondasse un peu conne avec qui il avait flirté dans une brasserie du quartier. Elle le trouvait beau et avait envie de coucher avec lui. Martin, qui avait un peu trop bu, avait alors fait un marché avec elle: «D'accord, mais on le fait devant ma maîtresse.»

La jeune blonde, qui se prénommait Catherine, n'était pas du genre à s'en faire pour si peu, elle avait accepté. À la maison, nous avons donc commencé à parler de tout et de rien, mais elle semblait pressée d'en arriver au but de sa visite. Elle essayait de séduire mon amant en lui montrant ses cuisses un peu grosses mais tout de même excitantes. J'ai décidé à ce moment d'entrer dans le jeu; je me suis avancée vers elle et je lui ai relevé la jupe en disant:

— Mais on dirait que tu as mouillé ta culotte!

— Oui, je me suis masturbée cet après-midi au bar, m'a-t-elle répondu du tac au tac.

Martin me dit de la laisser tranquille et s'approcha d'elle en lui faisant signe de défaire son pantalon. Elle obéit rapidement sans dire un mot, elle défit son pantalon, lui retira son slip, et prit aussitôt sa queue déjà bandée dans sa bouche. Elle l'aspira complètement, ses joues étaient gonflées par le membre qu'elle suçait. C'était une bonne suceuse et Martin semblait apprécier. Mon amant s'allongea sur mon lit et la fit monter sur lui; il lui ordonna de continuer à le sucer et lui fit de même avec sa chatte. Moi, je me caressais sans même écarter ma petite culotte. Je mouillais énormément et je n'allais pas tarder à venir. Martin, qui bandait à l'extrême, se dégagea et fit mettre Catherine à quatre pattes. Il la pénétra sans attendre tandis qu'elle se pinçait le clitoris pour s'exciter davantage. Mon amant me dit à quel point elle était bonne cette petite pute et que sa queue nageait dans sa mouille.

Je continuais à me branler; j'avais baissé ma culotte et j'y allais à grands coups dans ma chatte humide; je me suis enfilé deux doigts. Catherine gémissait sous les coups de queue de Martin, et soudain elle partit en hurlant de plaisir. Martin jouit à son tour et lui déchargea son sperme sur les fesses et le dos. Il fallait aussi que je jouisse. M'emparant de la bougie, heureusement neuve, sur la table du salon, je me l'enfonçai dans la chatte jusqu'à ce que la jouissance me fasse arrêter. Je ressortis la bougie toute mouillée de mon jus et je la suçai très vicieusement. Martin et Catherine me regardaient pendant que je me branlais violemment, cela semblait leur redonner de la vigueur. Il lui lécha le cul, j'étais certaine qu'il voulait l'enculer – j'aime lorsqu'il m'encule, mais de le voir enculer une autre fille devant moi m'excite encore plus. J'avais envie qu'il lui fasse mal, qu'il l'oblige... Mais Catherine présenta son derrière docilement, il entra en elle, elle cria un peu, mais elle aimait visiblement qu'on la sodomise. Je recommençai à me caresser le clitoris, puis je m'enfonçai un doigt dans l'anus pour ressentir un peu ce que Catherine ressentait, c'était bon! Je me branlais très vite, mon jus coulait; Martin éjacula sur le cul de Catherine et ce fut la jouissance collective.

Quelle nuit nous avons passée!

– Chantal

Il m'a dressée!

«À partir d'aujourd'hui, je vais t'apprendre à être ma putain et à m'obéir sans jamais poser de question.»

J'ai connu Daniel lorsque j'avais vingt-neuf ans. J'avais déjà connu plusieurs hommes, mais je ne connaissais somme toute pas grand-chose en matière de sexe et, surtout, de perversion. J'avais toujours fait l'amour de la même manière un peu «mécaniquement». Un soir, chez des amis, j'ai rencontré Daniel; il ne m'a pas séduite tout de suite, mais il avait quelque chose qui m'attirait. Lui m'a dit que je lui ai plu dès le moment où il m'a vue.

Durant quelques semaines, nous nous sommes vus assez régulièrement; il venait me chercher au travail, nous allions au cinéma ou au restaurant et il m'accompagnait jusqu'à la porte de ma maison; il m'embrassait tendrement, puis partait. Pourtant, je ne suis pas une femme froide et je ne comprenais pas ses réactions. Je lui ai demandé pourquoi il n'entrait jamais chez moi et ne m'invitait jamais chez lui, et il a répondu que je n'étais pas encore prête. J'ai trouvé cela surprenant; je croyais qu'il était marié ou vivait avec une autre femme, mais j'étais bien loin de comprendre cet homme que je commençais à aimer.

Puis, un jour, il m'a invitée chez lui. Je n'ai pu résister à la curiosité qu'il avait éveillée en moi. Je croyais tout bonnement que nous passerions une soirée en amoureux, mais les choses ne se passèrent pas comme ça. Une fois arrivée chez lui, il m'a disputée parce que j'étais arrivée avec quelques minutes de retard, puis il m'a demandé si j'étais vraiment décidée à être à lui car par la suite je ne pourrais plus changer d'idée. J'étais tout à coup un peu inquiète...

Mais, finalement, je lui ai dit que j'étais d'accord. Il m'a embrassée passionnément, et brusquement il m'a dit: «Tu ne dois jamais arriver chez moi ni en retard ni en avance, tu dois être à l'heure, tu ne dois plus jamais oublier.» Il me dit ensuite de fermer les yeux et j'ai senti quelque chose de froid toucher mes poignets: il m'avait mis des menottes. Sans aucune marque d'affection, je crois que je me serais mise à pleurer. C'est alors qu'il se mit à m'expliquer ce qu'il attendait de moi: à partir de maintenant, à chaque erreur que je commettrais, je serais punie. Puis on sonna à la porte; il m'attacha à un divan et alla ouvrir comme si de rien n'était; il parla quelques minutes et revint seul. Le téléphone sonna; il s'assit en face de moi et eut une conversation, mais il défit son pantalon et me tendit sa queue à sucer. J'étais folle de rage mais, devant son assurance, je me suis mise à sucer cet homme qui continuait à jaser au téléphone. La conversation terminée, il raccrocha et me déchargea tout son sperme chaud au fond de la gorge.

Je croyais à tort que la soirée pourrait enfin être normale, mais non, il m'amena dans sa chambre toujours avec les menottes et me poussa sur son lit, et il se mit à m'embrasser un peu partout. Puis il s'arrêta et me gifla. Il a alors défait mes menottes et m'a fait l'amour pour la première fois. C'était extraordinaire, jamais je n'avais joui comme ça. Au moment où j'ai eu mon orgasme, j'ai crié mon plaisir, il s'est levé et m'a encore giflée. Il m'a dit: «Tu es une putain, je t'interdis de crier sans avoir demandé si tu peux le faire. À partir d'aujourd'hui, je vais t'apprendre à être ma putain et à m'obéir sans jamais poser de question.»

Je me sentais mal à l'aise mais, en même temps, j'étais extrêmement excitée. Il continua à me parler, il me dit que je devais non seulement obéir à ses ordres mais aussi aller au-devant de ses désirs. «Tu n'es pas encore assez soumise, mais crois-moi je vais te dresser.» La violence et l'intensité de cet homme m'attiraient de plus en plus. Et pourtant, lorsque nous sortions, il me faisait porter des choses incroyables, des robes transparentes sans mettre rien dessous, des talons aiguilles. Il m'obligeait à flirter devant lui – il aimait m'humilier devant les autres. Un jour, un homme m'a draguée et j'ai repoussé ses avances. De retour chez lui, il se mit à me gifler avec plus de force que d'habitude parce que j'avais refusé les avances de cet homme, il voulait que je le baise comme la putain que j'étais. Il est parti brusquement et est revenu avec un gros fouet. Il m'a attachée à quatre pattes sur le lit et il m'a fouetté le dos et les fesses. Moi, tout ce que je trouvais à faire, c'était de pleurer sans arrêt, mais il ne voulait rien comprendre. Ensuite il m'a baisée, sans même me détacher, puis m'a enculée; j'ai eu énormément mal mais le plaisir est venu. Il me laissa comme ça tout le reste de la nuit.

Le lendemain, il m'a fait l'amour tendrement et je n'ai pu faire autrement que de jouir. Depuis ce jour, je continue à l'aimer malgré la honte et la répulsion que je ressens parfois. Cela fait maintenant un an que nous vivons ensemble; il m'aime à sa façon et moi je ne peux pas me passer de lui. Cela peut sembler étrange, mais c'est comme ça: je suis sa putain. J'ai seulement peur que ce jeu aille un jour trop loin.

– Jeannine

Surdoué en langues!

❧

J e suis une femme qui croyait vraiment être aux hommes et aux hommes seulement, mais certains événements qui me sont arrivés m'ont fait changer radicalement d'avis. Un soir où je m'ennuyais seule chez moi, je fis ce que jamais je ne fais, je sortis seule dans un bar, puisque tous mes amis étaient occupés. C'était pas très loin de chez moi. Lorsque j'entrai, je remarquai un jeune homme au teint basané, probablement un Sud-Américain, qui s'est approché de moi; il ne parlait ni très bien le français ni très bien l'anglais, mais plus tard je me rendrais compte qu'il était quand même très doué en langues.

Une musique des plus entraînantes jouait et il me demanda en baragouinant si je voulais danser, ce que je fis avec plaisir. Il bougeait très bien et je sentais une grande chaleur monter en moi. Lorsque l'air entraînant se changea en slow, je ne pus faire autrement que sentir sa queue raide sur ma cuisse. Sans mot dire, il m'entraîna vers les toilettes, nous avons continué à danser collés collés. N'ayant pas eu d'amant depuis quelques semaines, je me sentais très excitée. Il bandait dans ma main, je mouillais dans la sienne, mais malheureusement ni lui ni moi n'avions de condoms, quel malheur! Il n'avait pas l'air de s'en faire pour autant. Sans me demander mon avis, il m'a soulevée avec beaucoup de facilité et a mis mes jambes autour de son cou; j'avais une toute petite robe, il a écarté ma culotte avec ses dents et il a commencé à me lécher la chatte avec sa langue. Je me tenais à sa tête et, pour garder mon équilibre, j'en profitais pour presser très fort ma chatte sur son visage tandis qu'il entrait sa langue au fond de ma chatte. Il était vraiment doué pour les langues, croyez-moi!

Sa langue était longue et dure comme jamais je n'en avais sentie, ça ressemblait à s'y méprendre, par les sensations qu'elle me donnait, à une queue. Même mes fesses étaient trempées de ma mouille. Alors il me reposa par terre et me vira littéralement à l'envers, m'écarta les fesses et entra d'un coup sa langue dans mon anus, ce qui me fit crier de plaisir. Me tenant fort par les hanches, il mit son nez sur ma chatte pendant que sa langue continuait son merveilleux travail entre mes fesses. Je commençais à sentir l'orgasme monter en moi, j'appuyais ma chatte grande ouverte en me branlant sur son nez.

Enfin, j'eus mon orgasme et je répandis ma mouille sur sa figure; c'était l'orgasme le plus extraordinaire que j'aie jamais connu. Après, ce fut à mon tour de m'occuper de sa queue bien dressée, et laissez-moi vous dire que je lui ai bien rendu le plaisir qu'il m'avait fait ressentir.

– Josée

Table des matières